हिन्द पॉकेट बु

फिर दीप जलेगा

गोपालदास नीरज हिन्दी साहित्यकार, शिक्षक एवं कवि सम्मेलनों के मंचों पर काव्य वाचक एवं फ़िल्मों के गीत लेखक थे। नीरज का जन्म 4 जनवरी 1925 को ब्रिटिश भारत के संयुक्त प्रान्त आगरा व अवध, जिसे अब उत्तर प्रदेश के नाम से जाना जाता है, में इटावा जिले के ब्लॉक महेवा के निकट पुरावली गाँव में बाबू ब्रजकिशोर सक्सेना के यहाँ हुआ था। वे पहले व्यक्ति थे जिन्हें शिक्षा और साहित्य के क्षेत्र में भारत सरकार ने दो-दो बार सम्मानित किया, पहले पद्म श्री से, उसके बाद पद्म भूषण से। यही नहीं, फ़िल्मों में सर्वश्रेष्ठ गीत लेखन के लिये उन्हें लगातार तीन बार फिल्म फेयर पुरस्कार भी मिला। उत्तर प्रदेश की अखिलेश सरकार ने नीरज को भाषा संस्थान का अध्यक्ष नामित कर कैबिनेट मन्त्री का दर्जा दिया था। नीरज ने दिल्ली के एम्स में 19 जुलाई 2018 की शाम लगभग 8 बजे अन्तिम सांस ली।

फिर दीप जलेगा

नीरज

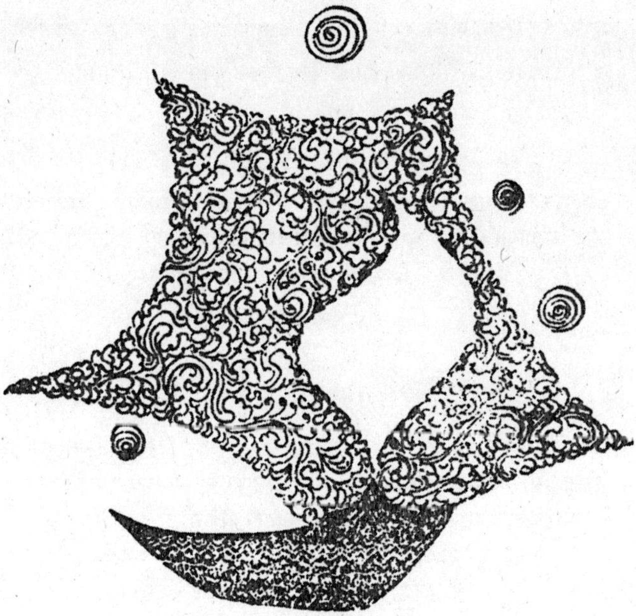

हिन्द पॉकेट बुक्स
पेंगुइन रैंडम हाउस इम्प्रिंट

हिन्द पॉकेट बुक्स

यूएसए। कनाडा। यूके। आयरलैंड। ऑस्ट्रेलिया। सिंगापुर
न्यू ज़ीलैंड। भारत। दक्षिण अफ्रीका। चीन

हिन्द पॉकेट बुक्स, पेंगुइन रैंडम हाउस ग्रुप ऑफ़ कम्पनीज़ का हिस्सा है,
जिसका पता global.penguinrandomhouse.com पर मिलेगा

पेंगुइन रैंडम हाउस इंडिया प्रा. लि.,
चौथी मंज़िल, कैपिटल टावर -1, एम जी रोड,
गुड़गांव 122 002, हरियाणा, भारत

पेंगुइन
रैंडम हाउस
इंडिया

प्रथम संस्करण हिन्द पॉकेट बुक्स द्वारा 2004 में प्रकाशित
यह संस्करण हिन्द पॉकेट बुक्स में पेंगुइन रैंडम हाउस द्वारा 2022 में प्रकाशित

10 9 8 7 6 5 4 3 2

ISBN 9789353495633

मुद्रकः रेप्रो इंडिया लिमिटेड

www.penguin.co.in

FSC www.fsc.org MIX Paper from responsible sources FSC® C047271

This is a legitimate digitally printed version of the book and therefore might not
have certain extra finishing on the cover.

क्रम

एक दिन भी जी मगर...

एक दिन भी जी मगर तू ताज बनकर जी,
अटल विश्वास बनकर जी;
अमर युग-गान बनकर जी!
आज तक तू समय के पदचिह्न-सा खुद को मिटाकर
कर रहा निर्माण जग-हित एक सुखमय स्वर्ग सुन्दर,
स्वार्थी दुनिया मगर बदला तुझे यह दे रही है–
भूलता युग-गीत तुझको ही सदा तुझसे निकलकर,
'कल' न बन तू ज़िन्दगी का 'आज' बनकर जी,
जगत-सरताज बनकर जी!
जन्म से तू उड़ रहा निस्सीम इस नीले गगन पर,
किन्तु फिर भी छांह मंज़िल की नहीं पड़ती नयन पर,
और जीवन-लक्ष्य पर पहुँचे बिना जो मिट गया तू–
जग हँसेगा खुब तेरे इस करुण असफल मरण पर,
ओ मनुज! मत विहंग बन आकाश बनकर जी,
अटल विश्वास बनकर जी!
एक युग से आरती पर तू चढ़ाता निज नयन ही,
पर कभी प़ाषाण क्या ये पिघल पाये एक क्षण भी,
आज तेरी दीनता पर पड़ रहीं नज़रें जगत की,
भावना पर हँस रही प्रतिमा धवल, दीवार मट की,
मत पुजारी बन स्वयं भगवान बनकर जी!
अमर युग-गान बनकर जी!

गर कलम न छीनी गई...

गर कलम न छीनी गई तो हिन्दुस्तान बदलकर छोड़ूँगा!
इन्सान है क्या मैं दुनिया का भगवान बदलकर छोड़ूँगा!!

मैं देख रहा हूँ भूख उग रही है गलियों बाज़ारों में,
मैं देख रहा हूँ ढूँढ़ रही बेकारी कफ़न मज़ारों में,
मैं देख रहा हूँ कला बन गई है तिजोरियों की चाबी,
मैं देख रहा इतिहास कैद है चाँदी की दीवारों में,
मैं देख रहा हूँ दूध उगलने वाली धरती प्यासी है,
मैं देख रहा हर दरवाज़े पर छाई मौत उदासी है,
मैं देख रहा मुट्ठी भर दाने पर बिकता सिन्दूर खड़ा
मैं देख रहा हर सुबह सूर्य के ही घर में संन्यासी है
खुद मिट जाऊँगा या यह सब सामान बदलकर छोड़ूँगा!
इन्सान है क्या मैं दुनिया का भगवान बदलकर छोड़ूँगा!!

मैं अंगारे ही गाऊँगा जब तक दिनमान न निकलेगा,
आँधी खुद ही बन जाऊँगा जब तक तूफान न निकलेगा,
मैं यूँ ही अपने शीश रहूँगा पहने ताज कफनवाला
जब तक मेरे शव पर चढ़कर मेरा बलिदान न निकलेगा,
मेरा है प्रण जब तक यह काली निशा नहीं उजियाली हो
तब तक रोशनी सकल जग को मेरे लोहू की लाली हो,
मेरा है कौल कि आता है जब तक न यहाँ मधुमास नया
तब तक मेरी ही कलम मुरझती बगिया की हरियाली हो

मैं स्वर का नया शहीद साज हर गान बदलकर छोड़ूँगा!
इन्सान है क्या मैं दुनिया का भगवान बदलकर छोड़ूँगा!!

मुझको फाँसी का फन्दा दिखलाकर तुम मोड़ नहीं सकते,
मुझ पर तलवारें अजमाकर मुझको तुम तोड़ नहीं सकते,
बेड़ी-हथकड़ियों से मेरी मिट्टी ही बस बँध सकती है,
मेरे विद्रोही गानों पर तुम गाँठें जोड़ नहीं सकते,
मैं उस माँ का बेटा हूँ जिसकी गोद लहू से लथपथ है,
मैं उस बहना का फूल कि जिसका पतझारों का ही पथ है,
मैं उस चिराग की ज्योति जला जो जीवन-भर तूफानों में
मैं उसका सेज-सुहाग मरण-आलिंगन ही जिसका व्रत है,
मैं नवयुग-निर्माता हूँ रूढ़ि-विधान बदलकर छोड़ूँगा!
इन्सान है क्या मैं दुनिया का भगवान बदलकर छोड़ूँगा!!

मैं उन्हें चाँद दूँगा जिनके घर नहीं सितारे जाते हैं,
मैं उन्हें हँसी दूँगा जिनके घर फूल नहीं हँस पाते हैं,
मैं उनका तीरथ हूँ जिनके पैरों की मिट्टी काशी है
उनका सावन हूँ जो रेगिस्तानों से हाथ मिलाते हैं,
वे सभी उजाले में आयें जो अँधियारे में खोये हैं,
वे सभी देश गौरव हों जो निज श्रम से दीप सँजोये हैं,
तुमसे कोई दुश्मनी नहीं बस इतना कहना है मेरा
वे सभी हँसें जो रोये हैं, वे सभी जगें सो सोये हैं,
गर यह न हुआ तो सचमुच तीर-कमान बदलकर छोड़ूँगा!
इन्सान है क्या मैं दुनिया का भगवान बदलकर छोड़ूँगा!!

देश के करोड़ों बेकारों से !

मिली नहीं नौकरी तुम्हें गो सभी जगह कुंडली दिखाई,
कि पाँव में पड़ गई बिवाई, कि भाग्य को आ गई रुलाई।
खड़े-खड़े क्यू में उम्र बीती झुके-झुके दिन का सूर्य डूबा,
उमीद हर नाउमेदी लाई, हरेक सुबह बनके शाम आई॥

उदास चेहरे से एक दिन भी न झाँकी कमलों की पाँति कोई,
उजाड़ आँखों के पास आई न सपनों वाली बरात कोई।
रुँधे गले से कभी न फूटा किसी पिया का प्रणय पपीहा,
थके चरण को सदा थकाती रही थके दिन की बात कोई॥

बहार तुमसे नज़र चुराकर सदा दूसरी गली से गुज़री,
हँसी-खुशी रूठ करके तुमसे सदा पराये चमन में उतरी।
तुम्हारे आँगन की धूल छूते ही फूल की झर गईं पँखुरियाँ,
तुम्हारा दरवाज़ा देखते ही सुबह की लौ बनके शाम बिखरी॥

न तुमने पूनों का चाँद देखा, न जाना हँसता है फूल कैसे,
न रोशनी ने तुम्हें पुकारा, न चाँदनी ने कहे सँदेसे।
दिये जले सब जगह कि जब हर कुटी, महल, छत, मुँडेर पर तो,
कि जैसे मरघट में मौत घूमे रही रात घर तुम्हारे ऐसे॥

हमेशा रोटी की एक चिन्ता ने फाँसी दे दी हर एक सपन को,
हमेशा कुचली हुई उमीदों ने नोंच डाला हर एक लगन को।

कहाँ गरीबों पै इतना पैसा कि चाँदनी को खरीद पायें,
कहाँ है भूखों को इतनी फुरसत कि देखें फूलों सजी दुल्हन को॥

भरी जवानी में भी न तुमने कभी सितारों के गीत गाये,
बसन्त ऋतु में भी अपनी राधा को तुम न गजरे खरीद पाये।
सुरंग सावन में भी सुहागिन कलाइयों में पड़ी न चूड़ी,
ठिठुरती रातों में भी कहीं से उधार दो कोयले न आये॥

दशहरे में भी तुम्हारे बच्चे न देख पाये कभी खिलौने,
न हाय होली के दिन भी सूखे तुम्हारी आँखों के गीले कोने।
दिवाली के दिन भी एक दोना न ला सकी लक्ष्मी घर तुम्हारे,
निराश राखी के दिन भी सिसके सगुन के धागे सजे सलोने॥

कभी ज़हर खाके सो गये तुम कभी समन्दर में ली समाधी,
कभी पटरियों पै लेट अपने लहू से रँग दी सफेद खादी।
कभी लगाई छलाँग छत से, कभी किसी वन में झूला झूले,
न जाने तुमने हैं कितने खोये जवान नेहरू, जवान गांधी॥

उस रोज़ चुस्की के वास्ते जब सिसक के मुन्नू खुद सो गया था,
तब क्या बताऊँ, तुम्हारे अन्तर के घाव को क्या-क्या हो गया था।
उस रोज़ जब बेचने को निकले थे करधनी तुम लुटी बहन की,
तब पानी कितने समुन्दरों का न जाने आँखों में रो गया था॥

किराया पाये बिन, देके गाली, जब उठ गया था मकान वाला,
तुम्हें लगा था कि तेज़ भाले ने जैसे तुमको ही छेद डाला।

पर आह भर बस तुम रह गये थे, न कह सके कुछ न कर सके थे,
क्यूँकि गरीबों की सिर्फ इज़्ज़त है एक सूखा हुआ निवाला॥

हाँ, जब दवाई बिना तुम्हारे पिता की मंज़िल तै हो रही थी,
बिना कफ़न जब तुम्हारी माँ की ही लाश आँगन में सो रही थी,
बिना दूध जब तुम्हारे नन्हे से चाँद को लग रहा गहन था,
बिना स्नेह जब तुम्हारे घर की ही रोशनी घर में खो रही थी–

तब घूमते थे उदास सड़कों पै तुम लिये डिगरियों का बस्ता,
तब आँख में सावनों को रोके खड़ा था एक बादलों का दस्ता।
मगर पता था नहीं तुम्हें यह निराला, टैगोर के सपूतो!
है आज के इस स्वतन्त्र भारत में आदमी कौड़ियों से सस्ता॥

हज़ार कोशिश कीं तुमने लेकिन नहीं तुम्हारा ही चांस आया,
कि तुम सभी में थे योग्य इससे तुम्हें कमेटी ने काट खाया।
वह जो गधों का था एक नायक जो लाद सकता था सिर्फ लादी,
कलम के सौदागरों ने उससे तुम्हारे तुलसी का सर झुकाया॥

है आज की योग्यता सिफारिश तुम अपनी ये डिगरियाँ जला दो,
इन कालिजों पर अँगार फेंको इन सर्टिफिकेटों को जा बहा दो।
न पढ़ने-लिखने की है ज़रूरत, न कम्प्टीशन के कुछ हैं मानी,
तुम्हें मिलेगी हरेक सर्विस किसी मिनिस्टर से खत लिखा दो॥

उदास मत हो मगर बहुत दिन न सत्य का यूँ संहार होगा,
न यूँ अनय का गजर बजेगा न न्याय पर यूँ प्रहार होगा।

निराश मत हो, निराशा मुर्दों की ही वसीयत है सिर्फ़ भाई,
जो डगमगाता है आज बेड़ा वह पार होगा—वह पार होगा॥

मैं गा रहा हूँ कि तुम पहाड़ों को हाथ में गेंद-सा उठा लो,
मैं गा रहा हूँ कि तुम सितारों के हाथ से रोशनी छिना लो
मैं गा रहा हूँ कि ताज-तख्तों की ठोकरों से धजी उड़ा दो,
मैं गा रहा हूँ कि अपनी साँसों को बिजलियों का कवच पिन्हा दो॥

मैं गा रहा हूँ कि जुल्म का तुम सभी बराबर हिसाब कर दो,
मैं गा रहा हूँ इस उजड़ी बस्ती को तुम खिलाकर गुलाब कर दो।
मैं गा रहा हूँ कि मार दो तुम तमाचा बढ़ नादिरों के मुँह पर
मैं गा रहा हूँ कि हर नदी को लहू मिलाकर दुआब कर दो।

डरो नहीं तुम उठो घटाओं से झूमकर हर गगन पै छाओ,
करोड़ों तुम हो बढ़ो, हिमालय शिरों से एक दूसरा बनाओ।
वह भूख तुम में है जो कि शेरों के जबड़े हाथों से फाड़ डाले,
उसे हवाओं के साथ महलों की ओर मोड़ो, कसम दिलाओ॥

इन स्याह साँपों के फन कुचल दो, इन खूनखोरों के दाँत तोड़ो,
इन गंगा जमुना का रुख बदल दो, इन आँधियों की कलाई मोड़ो।
वे जो खड़े हँस रहे हैं तुम पर, गिरो टूट बिजलियों से उन पर,
ये फूल की पँखुरियाँ जो बिखरी पड़ी हैं इनकी कतार जोड़ो॥

उठोगे तुम तो यह सूनी संध्या ही लाल होकर किरन बनेगी,
बढ़ोगे तुम तो हरेक मंज़िल ही खुद तुम्हारा चरण बनेगी।

मिटोगे तुम तो तुम्हारी धरती का और उज्ज्वल सुहाग होगा,
गिरोगे तुम तो यह धूप यह चाँदनी तुम्हारा कफ़न बनेगी॥

जहाँ शहीदों का रक्त गिरता वहीं से उगता है हर सबेरा,
जहाँ गलाता है देह दीपक वहाँ न आता है फिर अँधेरा।
है क्रुद्ध होता जहाँ पसीना वहीं से इतिहास का जनम है,
है गुनगुनाती जहाँ जवानी वहीं सृजन डालता है डेरा॥

गरीबी जो बनके रोज़ ईंधन खुद सर्द चूल्हों में जल रही है,
उदासी जो चक्कियों के पाटों में रोज़ पिस-पिस के पल रही है,
वे हाथ जो पाथते ही कंडे बुढ़ा गये बीस ही बरस में,
वह लाठी जो बेसहारे सड़कों पै डगमगाती-सी चल रही है,

तुम उनके सपनों की हो अजंता, तुम उनकी रातों के हो उजाले,
तुम उनकी गोदी के हो कन्हैया, तुम उनकी पूजा के हो शिवाले॥
तुम उनके तुलसी, तुम उनके पुश्किन, तुम उनके गांधी,
तुम उनके नेहरू,
तुम उनके गिरते हुए घरों में हो एक मौसम बहार वाले॥

तुम उनकी आँखों को रोशनी दो, तुम उनके माथे मुकुट सजाओ,
तुम उनके आँगन में मुसकराओ, तुम उनके जीवन में जगमगाओ।
वे गीत बाँटो कि डबडबाता रहे किसी आँख का न काजल,
गगन को नीचे उतार लाओ, धरा को ऊपर उछाल जाओ॥

मन आज़ाद नहीं है...

तन तो आज स्वतन्त्र हमारा, लेकिन मन आज़ाद नहीं है!

सचमुच आज काट दीं तुमने
ज़ंजीरें स्वदेश के तन की,
बदल दिया इतिहास, बदल दी
चाल समय की, चाल पवन की,

देख रहा है राम-राज्य का
स्वप्न आज साकेत हमारा,
खूनी कफ़न ओढ़ लेटी है
लाश मगर दशरथ के प्रण की,

मानव तो हो गया आज–
आज़ाद दासता बन्धन से पर,
मज़हब के पोथों से ईश्वर का जीवन आज़ाद नहीं है।
तन तो आज स्वतन्त्र हमारा, लेकिन मन आज़ाद नहीं है॥

हम शोणित से सींच देश के
पतझर में बहार ले आए,
खाद बना अपने तन की–
हमने नवयुग के फूल खिलाए,

डाल डाल में हमने ही तो
अपनी बाँहों का बल ढाला,

पात-पात पर हमने ही तो
श्रम-जल के मोती बिखराए,

क़ैद, कफ़स सय्याद सभी से
बुलबुल आज स्वतन्त्र हमारी
ऋतुओं के बन्धन से लेकिन अभी चमन आज़ाद नहीं है।
तन तो आज स्वतन्त्र हमारा लेकिन मन आज़ाद नहीं है॥

यद्यपि कर निर्माण रहे हम
एक नई नगरी तारों में,
सीमित किन्तु हमारी पूजा
मन्दिर, मस्जिद, गुरुद्वारों में,

यद्यपि कहते आज कि हम सब–
एक हमारा एक देश है,
गूँज रहा है किन्तु घृणा का
तार बीन की झंकारों में,

गंगा-ज़मज़म के पानी में
घुली-मिली ज़िन्दगी हमारी
मासूमों के गरम लहू से पर दामन आज़ाद नहीं है।
तन तो आज स्वतन्त्र हमारा, लेकिन मन आज़ाद नहीं है॥

एक कारवाँ के झण्डे के
नीचे आज हमारी गति है,
एक ओर पग, एक ओर मुख
और एक ही ओर प्रगति है,

फिर भी जाने क्यों हममें से,
कुछ आगे हैं, कुछ पीछे हैं,
कुछ अथ पर ही खड़े और कुछ
वहाँ जहाँ यात्रा की इति है,

आज हमारा पथ स्वतन्त्र–
मंज़िल स्वतन्त्र, पग भी स्वतन्त्र पर,
भेद-भाव से संचालक का संचालन आज़ाद नहीं है।
तन तो आज स्वतन्त्र हमारा, लेकिन मन आज़ाद नहीं है॥

आज पा लिया हमने फिर से
अपनी दिल्ली का सिंहासन
कोहनूर से आज हमारे राष्ट्र
मुकुट का ज्योतित कण-कण,

लाल किले पर लहराता है
देश-निशान तिरंगा प्यारा,
और कर रहा विश्व हमारे
हिन्द-हिमालय का अभिनन्दन,

चले जा रहे तूफ़ानी गति–
से हम पाँव धरे रवि, शशि पर,
काबा, काशी की मिट्टी से किन्तु चरण आज़ाद नहीं है।
तन तो आज स्वतन्त्र हमारा, लेकिन मन आज़ाद नहीं है॥

भूखी धरती अब...

भूखी धरती अब भूख मिटाने आती है!

छिपते जाते हैं सूरज, चाँद-सितारे सब
मुरदा मिट्टी अम्बर पर चढ़ती जाती है
हो सावधान! सँभलो ओ ताज-तख़्तवालो!
भूखी धरती अब भूख मिटाने आती है।

कंकालों की जुड़ रही भीड़ चौराहे पर,
फिर से बननेवाला है कोई बज्रबान,
बिक रहे प्राण, बिक रहे शीश, बिक रही मौत,
फिर से जगने को हैं सोये मरघट मसान,
हर ओर मची है होली खून-पसीने की,
हर ओर अँगारों की खेती लहराती है।
हो सावधान! सँभलो ओ ताज-तख़्तवालो!
भूखी धरती अब भूख मिटाने आती है॥

हैं काँप रहीं मन्दिर-मस्जिद की मीनारें
गीता-क़ुरान के अर्थ बदलते जाते हैं,
ढहते जाते हैं दुर्ग द्वार, मक़बरे-महल
तख्तों पर इस्पाती बादल मँडराते हैं,
अँगड़ाई लेकर जाग रहा इन्सान नया
ज़िन्दगी कब्र पर बैठी बीन बजाती है।

हो सावधान! सँभलो ओ ताज-तख़्तवालो!
भूखी धरती अब भूख मिटाने आती है॥

मासूम लहू की गंगा में आ रही बाढ़,
नादिरशाही सिंहासन डूबा जाता है,
गल रही बर्फ सी डालर की काली कोठी,
एटम को भूखा पेट चबाये जाता है,
निकला है नभ पर नये सबेरे का सूरज
हर किरन नई दुलहिन सी सेज सजाती है।
हो सावधान! सँभलो ओ ताज-तख़्तवालो!
भूखी धरती अब भूख मिटाने आती है॥

पड़ रहीं समय की भौंहों में सलवटें-शिकन,
विंध्याचल करवट शीघ्र बदलने वाला है,
उठनेवाली है आग समुन्दर के दिल से
हिमवान किसी का खून उगलनेवाला है,
हर एक हवा का रुख कुछ बदला-बदला है,
हर एक फ़िज़ाँ में गरमी सी दिखलाती है।
हो सावधान! सँभलो ओ ताज-तख़्तवालो!
भूखी धरती अब भूख मिटाने आती है॥

तुम कफ़न चुराकर बैठ गये जा महलों में
देखो! गांधी की अर्थी नंगी जाती है,
इस रामराज्य के सुघर रेशमी दामन में
देखो सीता की लाज उतारी जाती है,
उस ओर श्याम की राधा वह वृन्दावन में
आलिंगन-चुम्बन बेच पेट भर पाती है।

हो सावधान! सँभलो ओ ताज-तख़्तवालो!
भूखी धरती अब भूख मिटाने आती है॥

तुमने नवयुग के विश्वासों को बहकाया
भूखे के मुँह तक से तुम कौर छीन लाये,
ब्लैक-ट्रेड किया तुमने माँ की चोली तक से
आज़ादी तक धर चोर-बजारों में आये,
मानवता के क़ातिलो! मगर यह याद रहे
क़ातिल की ही तलवार उसे खा जाती है।
हो सावधान! सँभलो ओ ताज-तख़्तवालो!
भूखी धरती अब भूख मिटाने आती है॥

मनुष्य की एवरेस्ट विजय पर...

आखिर मुट्ठी भर धूल पहुँच ही गई वहाँ
जा सके न पाँव जहाँ इतिहास पुराणों के
आखिर धरती के बेटे ने गूँथ ही दिये
बरफ़ीले बाल पहाड़ों के चट्टानों के।

सिन्दूर चूम ही लिया धरा के माथे का
आखिर श्रम के फ़ौलादी खून-पसीने ने
हिम की शहज़ादी को मुँदरी पहना ही दी
आखिर कुछ पानीवाले एक नगीने ने।

कोमल गुलाब से नाज़ुक ओठों के गाने
गाने ही पड़े मौन-मुरदा सुनसानों को,
अन्त में मुश्किलों को देनी ही पड़ी राह
ज़िद्दी मानव के आवारा अरमानों को।

मंज़िल को लाखों बार अँधेरे का नक़ाब
पहिनाया आ आकर आँधी-तूफ़ानों ने,
बर्फ ने उढ़ाया कफ़न रास्ते को छिन-छिन,
सूरज को निगल लिया क़ातिल शमशानों ने।
काँटों-कंकड़ों, झाड़-झंखाड़ों ने रोका
रोका बूँदों ने, बादल ने, बरसातों ने,

रोका प्यासे नयनों की करुण पुकारों ने,
रोका सूने प्रातों ने, गीली रातों ने।

पत्नी के मस्तक के सुहाग ने मान किया
टेरा झुर्रियों भरी जननी की छाती ने
बच्चों की किलकारी ने डाली गले बाँह,
दी शपथ पिता की बुझती जीवन बाती ने।

खाती पछाड़ ममता चीखती रही पीछे,
स्नेह ने सिसकियाँ भर कर अंचल झकझोरा,
वात्सल्य मचलता रहा एक चुमकारी को,
प्रेम ने बिलख कर बाँध समुन्दर का तोड़ा।

लेकिन जाने वाला कैसे रुक सकता था,
उसको चलने का अपना कौल निभाना था,
जीवन मरकर कैसे भी हो उसको तो बस
अपनी मिट्टी को मंज़िल तक पहुँचाना था।

जब बैठ गई थी मौत सामने मुँह खोले
तब सहसा एक हवा ऐसी भी आई थी,
जो दूर देश से किसी नयन के सावन की
आँसूवाली बौछार उड़ा ले आई थी।

तब घूम गई थी नयनों के आगे क्षण भर
पत्नी की लजवन्ती सुहागवाली बेंदी,
कानों में भी तब रोया था चूड़ी का स्वर,
रँग गई धरा को थी सावन वाली मेंहदी।

क्षण भर के लिए पाँव तब पथ पर ठिठका था,
मन भी जा किसी नयन के जल में डूबा था,
तन ने भी चलने से इन्कार कर दिया था
नयनों का हर सपना सूने से ऊबा था।

लेकिन था साहस एक अरे साथी जिसने
छोड़ा न साथ उन साथ छोड़नेवालों में,
बढ़ता ही गया आखिरी दम तक मंज़िल पर
बन मरहम लगता रहा राह के छालों में।

औ' कर ही दिया अन्त में लक्ष्य-भेद पूरा
तन को कर तीर, कमान बना व्याकुल मन को,
अवरोधों की प्रत्यंचा खींच प्रगति-गति से
ले गया शिखर के शिर पर आखिर रज-कण को।

मानव के साहस धन्य कि तूने दिखा दिया–
तू चुम्बन से सूरज को शरमा सकता है
तू पायल पहना सकता है तूफ़ानों को,
पाषाणों को साँसों से नरमा सकता है।

तूने यह बतला दिया कि पौरुष के आगे
मुश्किल को अपनी ही मुश्किल पड़ जाती है,
हिम्मत गर हारे नहीं मुसाफ़िर अपनी तो
खुद मंज़िल उसको बढ़कर गले लगाती है।

तूने निश्चित कर दिया कि बहुत शीघ्र भू पर
देवों का सुन्दर स्वर्ग उतारा जायेगा,

तू ने संकेत कर दिया वह दिन दूर नहीं
जब विजय मृत्यु पर भी मानव पा जायेगा।

पर ठहर, गर्व का मुकुट न पहना गौरव को
बस यहीं-यहीं तेरे गिर जाने का भय है
कर सका न प्राप्त विजय खुद पर ही तो तेरी
यह प्रकृति-विजय रे सबसे बड़ी पराजय है।

"30 जनवरी–एक आदेश"

है तीस जनवरी आज, न स्याही माँग कलम,
कुछ लिखना है तो आँसू काग़ज़ पर उतार
गाने का है गर चाव तोड़ दे यह वीणा
बन्दूक उठा, गोली निकाल कर भर मल्हार।

ओ चित्रकार! तस्वीर देवता की न खींच
ओ मनुज मर गया है उसको दे रूप-रंग
यमुना तट पर सो रहा मसीहा जो अपना
उसको जीवित कर, भर उसमें यौवन उमंग।

ओ शिल्पी! मूर्ति न गढ़ युद्धों को देख उधर
गोली खाकर ले रहा प्रेम आखिरी श्वास
लोहे के कपड़े पहने शान्ति बिलखती है
ढोते-ढोते बारूद थक गया है विकास।

इतिहासकार! यह पृष्ठ अँधेरे का न जोड़
आनेवाली सदियाँ काली हो जायेंगी
ओ कवि! इस नफरत को मत दे अपनी ज़ुबान
लाशें जो कुछ जी रहीं, न वे जी पायेंगी।

वैज्ञानिक! ऐटम बम्ब फेंक मत और, बना–
है नागासाकी अब तक मुरदों का बजार

टैंकों के नीचे अब तक पड़ी तड़पती है
वह देख, कोरिया बीच एशिया की बहार।

मत शंख बजा ओ मठ, मस्जिद आज़ान न दे!
कर रहा शहीदों का शहीद मरणाभिषेक
आहिस्ता बोल अरे, ओ मज़हब की किताब!
हो गया आज खामोश विश्व भर का विवेक।

सब उठो चलो उस राजघाट पर आज, जहाँ
बुन रही कफ़न कल्पना, चिता रच रहे छन्द
हैं मूक जहाँ सौ-सौ कवियों के महाकाव्य
आनन्द स्वयं ही जहाँ हो रहा निरानन्द।

पर ठहरो अपने रक्त सने इन हाथों से
उसकी समाधि मत छुओ, न दो पूजापाधी
सिंहासन छोड़ो अगर वन्दना करनी है
पथ पर जाओ मर रहे जहाँ लाखों गांधी।

सभ्यता कहाँ आ गई...

सभ्यता कहाँ आ गई? कहाँ खड़ा है विश्व?
जा रहा है किधर गति-रथ विज्ञान-कलाओं का?
किस दिशि उन्मुख इतिहास? दे रहा क्या विकास?
क्या शोर समय का है? क्या ज़ोर हवाओं का?

क्या यही सभ्यता का वह सुन्दर सुखद स्वर्ग?
है पड़ा जहाँ पग-पग पर मुर्दों का पड़ाव,
बिक रहा जहाँ नारीत्व रजत के टुकड़ों पर
फूलों के शव पर जहाँ शृगालों का जमाव!

क्या यही कला की चिर अनमोल अजन्ता है?
मकड़ी-मकड़ों ने जहाँ तान रक्खे जाले
घोंसले बने हैं जहाँ उलूकों-गिद्धों के
अजगर, बिच्छू, साँपों के जहाँ बोल बाले।

यह जलते महल-मकान, तड़पते गली-गाँव,
यह भूख, भुखमरी, सूखा, बाढ़, अकाल-त्रास,
यह ध्वस्त धरा, यह बम्ब धुएँ से घायल नभ,
विज्ञान इसी को कहता क्या मानव विकास?

सम्मुख लहराता है लोहू का अतल सिन्धु
इतिहास यहीं तक बस क्या चलकर आया है?

मानव मानव के बीच घृणा की बन्दूकें
क्या यही प्रगति अब तक मज़हब कर पाया है?

बाइबिल के स्वर्ण सफों पर गोली के अक्षर
क्या क्राइस्ट, शेक्सपियर, शेली का यही देश?
कर में ऐटम, मस्तक में युद्धों के नक्शे,
लिंकन, वाशिंगटन, इलियट का क्या यही वेश?

क्या वाल्मीकि का यही तपोवन पावन है?
सीता की साड़ी जहाँ उतार रहा सोना,
क्या यही सूर का वृन्दावन मनभावन है?
राधा से जहाँ ज़माना करता अनहोना।

गांधी का देश यही? सुभाष की यही भूमि
है क़ैद जहाँ आज़ादी सेफ-तिजोरी में?
वेदों-उपनिषदों गीता का क्या यही मर्म
हो जाय आदमी बन्द नाज की बोरी में?

मैं सोच रहा हूँ इस गति से चलकर ज़मीन
किस ओर आदमी की किस्मत ले जाएगी
ऐसे ही गर विज्ञान चाटता रहा लहू
दुनिया सारी कितने दिन ख़ैर मनाएगी?

करती है जब विद्रोह प्रकृति होकर अधीर
आदमी स्वयं तब अपनी मौत बुलाता है
जब बल अज़माता है निज पौरुष निर्बल पर
तब उसका ही निर्माण उसे खा जाता है।

अब भी है समय नहीं कुछ ज़्यादा देर हुई
लोहे के ये बोझीले वस्त्र उतारो तुम
आँखों से यह सोने का सुरमा दूर करो
ले प्यार आँख में भू की ओर निहारो तुम!

सारे कंठों से एक साथ मिलकर गाओ
वह गीत कि जो सबके गीतों को गाता है
जिसकी लय तान अमर है, कभी न टूटी है,
वह गीत–जिसे जग कहता धरती माता है!

मिट्टी वाला

घर-घर में आवाज़ लगाते मिट्टी ले लो मोल,
गाँव-गाँव इस धुंध-धूप में भूखे-प्यासे डोल,
चिकनी, खुदरी, गीली, सूखी, काली, पीली, श्याम,
लाद गधों पर तरह-तरह की मिट्टी यह बेनाम,

खोज रहे तुम किस सौदागर को ओ मिट्टीवाले!
कौन यहाँ जो इस अनमोल वस्तु का मोल चुका ले!
अरे, कहा क्या–बस दो पैसे एक गधे का दाम,
कुछ कम भी हो सकता है यदि ले लूँ माल तमाम?

यह कैसा व्यापार, अरे, यह कैसा है उपहास!
दो पैसों में बेच रहे तुम मिट्टी का इतिहास!
यह कैसी मजबूरी, भाई यह कैसी लाचारी!
मिट्टी की सम्पत्ति बिक रही कुछ पैसों में सारी।

आस-पास ही देख रहा हूँ मिट्टी का व्यापार,
चुटकी भर मिट्टी की कीमत जहाँ करोड़ हज़ार
और सोचता हूँ आगे तो होता हूँ हैरान,
बिका हुआ है कुछ मिट्टी के ही हाथों इन्सान

ये एटम, ये टैंक-गनें, ये गैस-मशीनें, यान,
कुछ मिट्टी के लिए कर रहे मिट्टी का बलिदान,

और बाँटने को मिट्टी से बस मिट्टी का प्यार,
खड़ी बीच में है मिट्टी के लोहू की दीवार,

यह चाँदी की चहल-पहल, यह मय-मीना का शोर,
यह पेरिस की रात, कोरिया की यह काली भोर,
यह चितवन की चकाचौंध, यह चुम्बन के बाज़ार,
ताम्रकाल वह, लौहकाल यह, सोने का संसार,

ये भिखमंगे, ये नंगे, ये तुन्द महाजन सेठ
यह अमरीका, यह ब्रिटेन, यह डालर रोटी-पेट,
मंदिर, मस्जिद, गिरजेघर, ये भक्त और भगवान
बस कुछ मिट्टी लिए लगाये सब अपनी दूकान।

कलाकार, पैगम्बर, नीतिक, बुद्ध, सिकन्दर सारे,
सभी ज़िन्दगी में मुट्ठीभर मिट्टी से बस हारे।
और उसी मिट्टी को तुम यों लुटा रहे बेमोल
चीख़ उठेगी कब्र किसी की, अरे सँभलकर बोल।

अरे, सँभलकर बोल, अभी सोयी है थककर लाश,
झरे फूल के पास खड़ा है बुलबुल का उच्छ्वास।
कैसा है वह कुम्भकार, यह कैसा क्रूर विचार,
दर-दर मारी फिरे गधों पर मिट्टी यह सुकुमार!

यह अचरज की बात नहीं, यह कोई बात अजानी,
'मिट्टी को अच्छी लगती है मिट्टी की कुर्बानी।'

अहं की कारा

मेरे ताले की कुंजी कहीं खो गई है,
और ज़िन्दगी एक छोटे से कमरे में बन्द हो गई है।
वैसे यहाँ कोई मुझे कष्ट नहीं,
सभी आराम है,
रेशमी रज़ाई है,
गुदगुदा बिस्तर है,
साफ़-सुथरा फ़र्श है,
लिपी-पुती पक्की दीवारें हैं (चोरों का डर नहीं)
खिड़कियाँ हैं,
रोशनदान है,
हवा भी आती है,
कभी-कभी बाहर की धूप झाँक जाती है,
लेकिन एक बात है :
और वह यह कि मेरी बहुत बड़ी दुनिया
अब बहुत छोटी हो गई है,
क्योंकि मेरे ताले की कुंजी कहीं खो गई है।
दुनिया वह–
जहाँ भौंरे गाते हैं,
पत्ते गुनगुनाते हैं,
फूल मुसकराते हैं,
सुबह-शाम सूरज-चाँद आरती सजाते हैं,

दुनिया वह–
जहाँ हवा पेड़ों पै झूला झूल जाती है,
बादल की आँख नदी बनकर डबडबाती है,
केसर की क्यारी झूम तालियाँ बजाती है,

दुनिया वह–
जहाँ अन्नदाता के बैल हैं,
हल हैं,
खुरपी है, कुदाली है,
श्रम की दीवाली है।

दुनिया वह–
जहाँ ढीठ कोयल की कूक है,
पपीहे की हक है,
सब के दिलों में एक प्यार की भूख है,
कजली की कसक जहाँ जगती है,
बिरहा की बहक जहाँ लगती है,
साँसों के सरगम में बाँसुरी-सी बजती है

दुनिया वह–
जहाँ हवा-पानी की गुन-गुन है
कलियों की कुनमुन है,
माटी की रुनझुन है,
बग़िया के राधा कन्हाई की अनबन है।

दुनिया वह–
जहाँ भीड़-मेला है,

मोटर-बसों का सैलाब-जैसा रेला है,
बम-बन्दूकों की चर्चा है,
ख़बरों-अख़बारों की बरखा है,
डलेस की युद्ध-नीति, नेहरू की शान्ति-नीति,
गांधी का चरखा है,
यह सारी दुनिया, जो सचमुच ही दुनिया है,
आज मेरे लिए सिर्फ,
मेरे दरवाज़े ही कफ़न ओढ़ सो गई है।
क्योंकि मेरे ताले की कुंजी कहीं खो गई है।
किसको बुलाऊँ मैं?
भीतर से बंद हूँ, बाहर से ताला यह कैसे खुलवाऊँ मैं?
अपने हाथ गढ़ी हुई कारा यह कैसे जलाऊँ मैं?
तो फिर क्या ऐसे ही बंद मुझे रहना है?
अपना अकेलापन पड़े-पड़े सहना है,
अधजली सिगरेट-सा इसी तरह दहना है?
नहीं, नहीं... यह सब असम्भव है,
बाहर जो हलचल है उसके लिए सभी कुछ सम्भव है?
सूरज निकलने की देर है,
अबेर है,
नहीं अंधेर है,
भीड़ जब आएगी,
कुंडी खटखटाएगी,
द्वार बंद पाएगी तो रोष में आएगी,
तब यह प्राचीर एक छिन में टूट जाएगी।

फिर एक ताला नहीं,
लाख-लाख ताले खुल जाएँगे,
तन-मन के किवाड़ जिनमें कालिख लगी है,
खुद-ब-खुद धुल जाएँगे,
जनम-जनम के छुटे मीत मिल जाएँगे,
और यह कमरा तब आँगन बन जाएगा,
होगी दीवार न तो आँगन यह त्रिभुवन बन जाएगा।
फिर न किसी ताले या कुंजी की खोज होगी,
होली दीवाली रोज़-रोज़ होगी।
यानी पूर्णमासी यह दौज होगी।
तब न कोई छोटा और बड़ा होगा,
तब न कोई बैठा और खड़ा होगा,
दीपक की बाँहों में सूरज जड़ा होगा।
        आज मगर ताले की कुंजी कहीं खो गई है
इसीलिए सपनों की रात मेरा आंचल भिगो गई है,
और चार ईंटों में साँस दफन हो गई है,
क्योंकि मेरे ताले की कुंजी कहीं खो गई है।

मैं कवि नहीं हूँ

(1)

दोस्त! तुम ठीक ही कहते हो
सचमुच मैं कवि नहीं हूँ!
होते हैं कवि, वे नहीं गाते हैं,
दुखी-दलित जनता के पास नहीं जाते हैं,
जाते भी हैं, तो शरमाते हैं
अपने ही एक बन्द कमरे में
साधना करते हैं,
लिखते हैं,
पढ़ते हैं,
मौत आती है मर जाते हैं।
और मैं गाता हूँ, दुनिया को भाता हूँ
लाख-लाख लोगों की चोटें सहलाता हूँ,
घावों पर मरहम लगाता हूँ,
गिरे को उठाता हूँ,
झरे को खिलाता हूँ,
बेबस निगाहों पर,
एक जादूभरी मोहिनी-सी डाल आता हूँ।
और मेरा द्वार कभी बन्द नहीं होता है,
कुंडी लगाकर वह कभी नहीं सोता है,

जो भी पाए आए
गरीब या अमीर,
राजा या फकीर
वह सबसे गले मिलता है,
हर एक बाँह में गुलाब-जैसा खिलता है।
क्योंकि पास मेरे जो कुछ है,
मेरा नहीं वह संसार का है,
मेरा हर गीत, हर अश्रु
मेरा तन,
मेरा मन,
मेरा धन,
मेरा सारा-का-सारा अस्तित्व ही उधार का है,
दो-चार का नहीं, हज़ार का है।
दूसरे की चीज़ है जो
उसे बन्द रखने को पाप मैं समझता हूँ,
कल जिसे देना पड़ेगा ही आज उसे
खुशी-खुशी देने में मैं नहीं हिचकता हूँ,
अक्लमन्दी का एक सबूत पेश करता हूँ,
दोस्त, तुम ठीक ही कहते हो,
सचगुच गैं कवि नहीं हूँ!

(2)

दोस्त! तुम ठीक ही कहते हो,
सचमुच मैं कवि नहीं हूँ!

कवि के लिए तो कला सिर्फ कला होती है,
और मेरे लिए कला धूप है।
धूप–जो सोए संसार को जगाती है,
हँसने पर जिसके
न कोई आँख, आस्तीन गीली रह जाती है,
सबके घरों से अँधेरी भाग जाती है,
नई सुबह आती है
और जिसकी छाया में
शैशव किलकता है,
यौवन उछलकर पहाड़ों पर चढ़ता है,
फूल मुसकराते हैं,
खेत-खलिहान गुनगुनाते हैं,
नदियाँ लहरती हैं,
गेहूँ की बालियाँ सिहरती हैं,
मेले जुड़ा करते हैं,
आँखों में नये-नये स्वप्न उड़ा करते हैं।
घर से निकलकर हम दुनिया में आते हैं
काम पर जाते हैं,
कलम, हल, कुदाली और तूलिका चलाते हैं,
खेलते हैं, कूदते हैं,
रूठते-मनाते हैं,
प्यार करते हैं, शरमाते हैं
तीज-त्यौहार, ब्याह-भाँवर रचाते हैं,
एक से अनेक हो जाते हैं।
दोस्त, तुम ठीक ही कहते हो,

सचमुच मैं कवि नहीं हूँ,
क्योंकि कला मेरे लिए धूप है
और वह तुम्हारे निकट रात है।

(3)

दोस्त, तुम ठीक ही कहते हो,
सचमुच मैं कवि नहीं हूँ।
होते हैं कवि जो–
वे वाद पर विवाद किया करते हैं,
मोटे-मोटे ग्रन्थों को
पढ़ते हैं,
गुनते हैं,
याद किया करते हैं
और फिर नई-नई शैलियाँ ईजाद किया करते हैं।
किन्तु, मैं कोई भी वाद नहीं जानता हूँ,
कोई सिद्धान्त नहीं मानता हूँ,
सिर्फ आदमी को पहचानता हूँ।
उसकी मुट्ठी में जो भविष्य है,
उसको बस पढ़ लेना चाहता हूँ
और उसे छन्दों में जड़ देना चाहता हूँ।
यानी, जहाँ आज संसार है
उससे दो-चार कदम आगे बस बढ़ लेना चाहता हूँ।
शिक्षा भी यह मैंने
कालिज-स्कूलों के बीच नहीं पाई है,
सच पूछो तो, वहाँ उम्र ही गँवाई है।
अनुभव ही मेरा शिक्षालय है,

जीवन ही शिक्षक है,
प्रेम ही पाठ है,
मेरी किताब हर गली, हर हाट है
और मेरा इम्तहान–
आँधियों में दीपक जलाना है,
रातों में सूरज बुलाना है,
सूखे मुरझाए फूल
धूल में जो लेटे हैं,
उनको उठाकर खिलाना है,
घर-घर बहार नई लाना है।
दोस्त! तुम ठीक ही कहते हो,
सचमुच मैं कवि नहीं हूँ।
होते हैं कवि जो, वे सोते हैं,
और मैं जागता हूँ
सचमुच मैं कवि नहीं हूँ!

(4)

दोस्त! तुम ठीक ही कहते हो,
सचमुच मैं कवि नहीं हूँ।
होते हैं कवि जो, वे
भारतीय कविता में
लन्दन की जूठी उपमाएँ दिया करते हैं,
पूरब के प्याले में पश्चिम की शैम्पेन भरते हैं,
टेम्स में नहाते हैं, गंगा से डरते हैं,
राधा पर नहीं, यानी जूलियट पर मरते हैं।
पश्चिम से बैर नहीं मेरा है,

टेम्स के तट का भी प्यारा सबेरा है,
पर, मुझे जाने क्यों पूरब का सूरज लुभाता है,
गंगा में नहाता हूँ तो
वाल्मीक मेरी आत्मा में बैठ जाता है,
व्यास मुझे गोद में उठाता है,
कालिदास माथा सहलाता है
सूर और तुलसी का विश्व-प्रेम
मुझको मनुष्य के समीप बुला लाता है।
शायद मेरा इससे पुराना कुछ नाता है।
क्या करूँ, बिलकुल मजबूर हूँ
बहुत चाहता हूँ यह न किन्तु टूट पाता है।
जूलियट की अलकें भी सुन्दर हैं,
वे भी उलझाती हैं,
साँसों से गीत गवा जाती हैं,
डूबता हूँ लेकिन जब राधा के आँसू में
मेरी कविताएँ तब ऋचाएँ बन जाती हैं।
दोस्त, तुम ठीक ही कहते हो,
सचमुच मैं कवि नहीं हूँ।
होते हैं कवि, वे विदेशी बुशर्ट ही पहनते हैं
और मैं स्वदेशी हूँ
भीतर से बाहर तक स्वदेशी हूँ।
सचमुच मैं कवि नहीं हूँ।

(5)

दोस्त, तुम ठीक ही कहते हो,
सचमुच मैं कवि नहीं हूँ।

होते हैं कवि जो इतिहास उन्हें जपता है,
उन पर आलोचनाएँ बिकती हैं,
और उनका चित्र पाठ्य-पुस्तक में छपता है।
लेकिन इतिहासों में मेरा कहीं नाम नहीं,
पाठ्य-पुस्तकों को भी मुझसे कुछ काम नहीं,
आलोचक मुझे मिलें–ऐसी रंगीन मेरी शाम नहीं,
मेरा नाम लिखा है पहाड़ों पर,
नदियों पर, सागर-किनारों पर,
समय के मस्तक पर,
जलते मरुस्थल पर
जागते सूरज और ऊँघते सितारों पर।
और मेरे गीत उन होंठों के मन्त्र हैं,
नये इन्सान की जो मूरत बना रहे हैं,
स्वर्ग को ज़मीन पर ला रहे हैं,
आँधियों के गले बाँह डाल
बिजलियों को शरमा रहे हैं,
सूरज के बाल सहला रहे हैं,
एक नया जादू दिखा रहे हैं।
पैसफिक पाँव जिनके धोता है,
इतिहास जिनकी गोद में खेल बड़ा होता है,
काव्य जिनकी छाया के साथ खड़ा होता है।
और वर्तमान नहीं,
मुझ पर लिखेगा भविष्य लेख।
वह भविष्य–

जिसकी आलोचना के मानदण्ड
छन्द नहीं, ग्रन्थ नहीं,
आँसू वे होंगे जो–
मानव की आँखों के आँसू जो
रामायण और सूर सागर के पृष्ठों से
युग-युग पर बरसे थे
और जिनकी छाया में
कला, धर्म, संस्कृति के मृत प्राण सरसे थे।
सचमुच मैं कवि नहीं हूँ,
क्योंकि उन्हीं आँसुओं का गायक हूँ
बहुत नासमझ हूँ।
दोस्त, तुम ठीक ही कहते हो,
सचमुच मैं कवि नहीं हूँ।
सचमुच मैं कवि नहीं हूँ॥

मृत्यु-गीत

अब शीघ्र करो तैयारी मेरे जाने की
रथ जाने को बाहर तैयार खड़ा मेरा,
है मंज़िल मेरी दूर बहुत, पथ दुर्गम है,
हर एक दिशा पर डाला है तम ने डेरा।

कल तक तो मैंने गीत मिलन के गाये थे
पर आज विदा का अन्तिम गीत सुनाऊँगा,
कल तक आँसू से मोल दिया जग-जीवन का
अब आज लहू से बाकी कर्ज़ चुकाऊँगा।

कल खेला था अलियों-कलियों की गलियों
में अब आज मुझे मरघट में रास रचाने दो,
कल मुस्काया था बैठ किसी की पलकों पर
अब आज चिता पर बैठ मुझे मुस्काने दो।

कल सुनकर मेरे गीत हँसे-मुस्काये तुम
अब आज अश्रु दो मेरे साथ बहा लेना,
कल तक फूलों की मालाएँ पहनाई थीं
गलहार अँगारों का पर अब पहना देना।

बेकार बहाना, टालमटोल व्यर्थ सारी
आ गया समय जाने का–जाना ही होगा,

तुम चाहे कितना चीखो-चिल्लाओ, रोओ,
पर मुझको डेरा आज उठाना ही होगा।

अब चाहूँ भी तो मैं रुक सकता नहीं दोस्त!
कारण–ख़ुद मंज़िल ही ढिंग बढ़ती आती है,
मैं जितना पैर टिकाने की कोशिश करता
उतनी ही मिट्टी और धसकती जाती है।

वह देखो लहरों में तूफ़ानी हलचल है
उस पार खड़ा होकर कोई मुस्काता है,
जिसके नयनों के मौन इशारों पर मेरा
साहिल ख़ुद लहरों के संग बहता जाता है।

फिर तुम्ही कहो किस ओर बचूँ, भागूँ जाऊँ
नामुमकिन है अम्बर के ऊपर चढ़ जाना
है सम्भव नहीं धरा के अन्दर धँस जाना
नामुमकिन है धर पंख पवन में उड़ जाना।

पर यदि यह भी सब संभव हो तो क्या बोलो!
अपने से बचकर कौन कहाँ जा सकता है?
साँसों पर जो पड़ चुका काल का नागपाश?
उससे छुटकारा कौन कहाँ पा सकता है?

देखो लिपटी है राख चिता की पैरों में
अंगार बना जलता है रोम-रोम मेरा
है चिता सदृश धू-धू करती यह देह सबल
है कफ़न बँधा सर पर, सुधि को तम ने घेरा।

हूँ इसीलिए कहता मत चीखो-चिल्लाओ
मत आँसू से तुम मेरा पथ रोको साथी!
मत फैलाओ आलिंगन की प्यासी बाँहें
मत मुझे सुनाओ प्रेमभरी अपनी पाती।

अब आँसू की आवाज़ न मैं सुन सकता हूँ,
अब देख न सकता मैं गोरी तसवीरों को,
अब चूम न सकता मैं अधरों की मुस्कानें,
अब बाँध न सकता बाँहों की ज़ंजीरों को।

मेरे अधरों में घुला हलाहल है काला
नयनों में नंगी मौत खड़ी मुस्काती है,
है रामनाम ही सत्य, असत्य और सब कुछ
बस एक यही ध्वनि कानों से टकराती है।

हैं अट्टहास करते घेरे कंकाल मुझे
हैं भूत-प्रेत-से नाच रहे टूटे सपने
हैं विकल चिताएँ मुझे चूमने को प्रतिपल
दाहक-से सब लगते मुझको मेरे अपने।

पथराती जाती है नीली-पीली पुतली,
मन में भीषण तूफ़ान घुमड़ता आता है,
सारे शरीर में हलचल है भूचालों की,
पलकों पर तम का परदा छाता जाता है।

फिर भी आहों से और सिसकियों से छिन-छिन
तुम बाँध रहे हो मेरे पैरों की गति को,

फिर भी लाकर तुम बाढ़ आँसुओं की अनन्त
हो डुबो रहे मुझको, मेरे पथ अथ-इति को।

उस अजित मृत्यु के फन्दे के आगे सचमुच
हैं बहुत क्षीण कमज़ोर तुम्हारी ये बाँहें,
उसके घन-गर्जन तांडव-नर्तन में सचमुच
हैं नहीं एक क्षण टिक सकते आँसू-आहें।

जीवन में तो आँसू का मूल्य बहुत कुछ है
वह साथी है एकाकी सूने जीवन का,
वह दीपक है तम भरी निशा की राहों का,
वह मोती है हत-भाग्य, थकित, निर्धन-मन का।

पर काल? काल के आगे सोना मिट्टी है
हीरे-मोती की कीमत कब उसने जानी?
पहचानी कब उसने पारस की स्वर्ण-शक्ति
बस मिट्टी की सत्ता केवल उसने मानी।

उसने कब यह सोचा कि एक कलिका के संग
कितने तुतले अरमान बंधे हैं मधुवन के?
कब उसे ज्ञात यह हुआ कि एक साँस के सँग
कितने सपने जीते-मरते हैं जीवन के?

कब किसी नीड़ के तिनकों से उसने पूछा
किस जगह तुम्हारे दिल पर बिजली टूटी है?
कब किसी विकल पंछी से उसने प्रश्न किया
किस जगह तुम्हारी प्राण-पपिहरी छूटी है?

पतझर की सूनी डाली बसती हुई देख
कब उसने कहा कि अक्षय हो तेरा सुहाग,
उजड़ी सिन्दूरी सेज़ देख निशि-बाला की
कब उसने विहँस उड़ाया सिन्दूरी पराग।

है उसे पता क्या एक सिसकते आँसू में
कितनी क्वाँरी साधों का लोहू रोता है,
है उसको क्या मालूम कि बुझते दीपक में
सौ-सौ गृह-कुटियों का उजियारा सोता है।

उसको तो बस मालूम यही है एक बात
हर खिला फूल खिलने से पहले झर जाए,
चलनेवाला जल्दी से मंज़िल पर पहुँचे
रुकनेवाले के पास स्वयं मंज़िल आए।

है और किसी से मोह न उसको कभी हुआ,
परिवर्तन–केवल परिवर्तन उसका साथी
हैं नाश-सृजन उसके शाश्वत गतिमय दो पग
मृत्तिका–मृत्तिका ही केवल उसकी थाती।

हम सत्य समझते हैं उनको जो नित्य नए
खिलते मधुवन में रंग-बिरंगे शूल-फूल,
पर अट्टहास कर पतझर कहता है हमसे
वह देखो मरघट में किसकी उड़ रही धूल?

वह लाल किला जो सदियों से गर्वोन्नत-सा
अब तक गाता है शाहजहाँ का वियजगान,

उसमें ही पड़ी दरारें पर यह कहती हैं,
'देखों इनमें सोए हैं कितने सूनसान।'

मुमताजमहल की यादगार वह ताजमहल
पूरनमासी को अमरावती लजाता है
आ अमानिशा को उससे ही पर चाँद सदा
चुपके-चुपके धीरे से यह कह जाता है–

'अब की दोबारा जब पूनो को आऊँगा
लाऊँगा एक किरन ऐसी किरनोंवाली,
जो पहले तुझको सोने सा चमकायेगी,
फिर ईंट-ईंट वह तेरी कर देगी काली।'

वह नभचुम्बी नगपति उत्तर में खड़ा हुआ
जो सदियों से मुस्काता है झलमल-झलमल
पदतल वासी सागर उससे कहता मेरी,
'हर लहर डुबाने की तुझको व्याकुल प्रतिपल।'

अति महाबली वह भीम, सुना जाता जिसमें
था साठ हज़ार हाथियों का बल मूर्तिमान,
वह लकड़ी एक न निज छाती से हटा सका
जब हुआ चिता पर उसके बल का इम्तहान।

चिर चिर प्रबुद्ध वे बुद्ध कि जिनकी वाणी का
विस्तार, हुआ सातों समुद्र के आर-पार,
उनको मुट्ठीभर धूल दबाकर बैठ गयी
जब किया काल की लपटों ने उन पर प्रहार।

चाणक्य नीति से जिसने अपनी चुटकी में
कुलहीन कर दिया नन्द-वंश का राजपाट,
कौटिल्य-शास्त्र के फटे पृष्ठ लेकिन उसकी
अब देखा करते हैं मरघट में रोज़ बाट

कविकुल-गुरु तुलसीदास कि जिनकी यश-प्रशस्ति
अब तक गाते हैं रामायण के पृष्ठ-पृष्ठ,
उपहास अभी तक उनका करता है जग में
उस असी तीर, संवत सोलह सौ असी धृष्ट।

वह शेक्सपियर जिसके नाटक के पात्र पात्र
हैं अब तक जीवित चलते फिरते धरती पर
इस्ट्रेट-फोर्ड में किन्तु उसी कवि की समाधि
कह रही कि कविता अमर, किन्तु कवि है नश्वर।

अर्जुन, जिसके गांडीव धनुष की टंकारें
हैं अब तक गुंजित इन्द्रप्रस्थ के घर घर में,
नित उसका हाहाकार सुनाई देता है
सुनसान किसी पर्वत के भीषण गह्वर में।

श्रीकृष्ण कर्मयोगी, जिनके गीतामृत को
पी अमर हो गया भारत का, रण-उपाख्यान,
वे पलक मूँदते केवल एक निमिष भर में
बन गए बधिक के एक क्षुद्र शर के निशान।

श्री राम कि जिनके मंत्रपूत बाणों को छू
क्षण में सोने की लंका जलकर हुई छार,

फेंकती व्यंग-सा उन पर अब तक बहती है
साकेत-तीर सरयू की चंचल धवल धार।

कल जिस गुलाब की डाली पर बैठी बुलबुल
गाती थी गीत जवानी का पंचम स्वर में,
हूँ देख रहा अब उसकी आँखों से आँसू
दब गया गीत उसका पतझर के हरहर में।

जिस पाटल की पलकों की छाया के नीचे
थी लगी हाट मदिरा की, मधुपों का मेला,
हैं आज पँखुरियाँ बिखरी उसकी धरती पर
है खड़ा हुआ छाती पर मिट्टी का ढेला।

कल देख रहा था चाँदी बिखरी अम्बर में
जगमगा रही थी गली-गली हर तारों की,
था पिघल रहा सोना धरती के कण-कण पर
हर दिशा बनी थी दुलहिन राग-कुमारों की।

आँधी-सा काला धुआँ आज छाया नभ में
हर दिशा गरजकर चीख़-चीख़ चिल्लाती है,
धू-धू कर है जल रही अँगारों-सी धरती
आवाज़ न अपनी कानों तक जा पाती है।

कुंकुम से माँग सजाई जिसकी दिनकर ने
संध्या ने लज्जा का अवगुण्ठन पहनाया,
रजनी ने सेज सजायी जिसकी तारों से
गृह में जिसके चन्दा बन दीपक मुस्काया,

हूँ देख रहा उसका सूना सीमन्त पड़ा
हाथों की वह चूड़ियाँ तोड़ती पत्थर से
माथे की बिन्दी छुड़ा रही रोते-रोते
है कोस रही ख़ुद, को ऊँचे-ऊँचे स्वर से।

वह लाल चुनरिया राग भरी, अनुराग भरी
है टुकड़े-टुकड़े होकर इधर-उधर बिखरी,
वह सेज सुहागरात वाली मदगन्ध भरी
है नंगी पड़ी कराह रही अवसाद भरी।

कल हँसकर जिसके सर बाँधा था मोर-मुकुट
तन धोया था जिसका शुभ स्वर्ण कलश जल से,
उसके ही सर बँध रहा कफ़न का तीज आज
है जला रहे उसका शरीर ज्वालानल से।

पाँचों तत्त्वों पर चिन्ह काल के अंकित जब
धो सके न जिनको बरस-बरस जल के बादल
जब सिमिट गई सब सृष्टि एक रज के कण में,
जब एक बूँद में डूबी सागर की हलचल।

आघात काल का सहकर ही क्षणभर में जब
पड़ गईं दरारें बड़ी-बड़ी पाषाणों में,
पतझर का खाकर केवल एक झकोरा बस
जब बदल गए मधुवन अनेक वीरानों में,

फिर अरे तुम्हारे आँसू की हस्ती है क्या
आँसू से कैसे चाल काल की रोकोगे?

इन करुण कराहों और सिसकियों के बल पर
किस तरह मरण के संदेसे को टोकोगे?

आँसू भरकर तुम भरते हो सिसकी गहरी
तुम ही न अरे, पर अभी बहुत-से रोएँगे,
तुम ही न अकेले हो अधीर इस भाँति आज
हैं बहुत अभी जो रो-रो धीरज खोएँगे।

'नर-नाहर' कह-कह कर छाती पीटेगी माँ
खा-खा पछाड़ धरती आकाश हिलाएगी,
चूड़ियाँ तोड़, सिंदूर पोंछ, सिर धुन-धुनकर
विछिन्न लता-सी प्राण-प्रिया बिलखाएगी।

भाई रोएगा सीधी मेरी भुजा कटी,
भगिनी कर में राख़ी लेकर अकुलाएगी,
तुम रोओगे, वे रोएँगे, जग रोएगा
पर मेरी अरथी उठी नहीं रुक पाएगी।

जब लाश चिता पर मेरी रक्खी जाएगी
अनजानी आँखें भी दो अश्रु गिराएँगी,
पर दो दिन के ही बाद यहाँ इस दुनिया में
रे याद किसी को मेरी कभी न आएगी।

तुम भी पहले की तरह हँसोगे-गाओगे
पहले की तरह देखने जाओगे मेले,
कब याद तुम्हें आएगा लेकिन दोस्त! भला
थे एक दिवस हम तुम इस मेले में खेले।

सावन में रोज़ घटाएँ घिर-घिर आएँगी
बूँदों की खड़ी झड़ी झूमेगी आँगन में,
पर किसे दिखाई देंगे तब मेरे आँसू
सिसकी भरते काले बादल के दामन में।

काली रातों में कूकेगी कोयलिया जब,
गीली रातों में पपिहा पियू पुकारेगा
तब किसकी आँखों का अंजन गीला होकर
मेरी सूनी-सूनी-सी सेज निहारेगा।

तुम कहते हो मेरे यूँ असमय जाने से
सारा संसार तुम्हें सूना हो जाएगा
जीवन की हँसी-खुशी मिट जाएगी सारी
यह पंथ कठिन दूभर दूना हो जाएगा।

लेकिन ये कहने-सुनने की बातें हैं सब
संसार किसी के लिए नहीं मिटता भाई
होती दुनिया सूनी न किसी के बिना कभी
है समय किसी के लिए नहीं रुकता भाई!

चाहे कितना ही क्यों न बड़ा हो घाव किंतु
धीरे-धीरे वह भी खुद ही भर जाता है
है ऐसा मरहम एक समय के पास अरे,
जो हर बीमारी का इलाज कर जाता है।

फिर और दूसरा भी है एक नियम ऐसी
कोई भी जगह न रिक्त यहाँ रह पाती है,

यह मधुशाला ऐसी यदि मधु न रहे बाक़ी
तो विष से ही हर प्याली भर दी जाती है।

जिस जगह आज बैठा मैं बात कर रहा हूँ
उस जगह शीघ्र ही कोई आनेवाला है
हूँ जाने को तैयार खड़ा मैं जहाँ आज
उस पथ से कोई पंथी जानेवाला है।

मैं जाता हूँ इसलिए कि जल्दी लौट सकूँ
दोनों ही ओर प्रतीक्षा मेरी होती है,
जीवन में ऐसा आकर्षण है एक अमर,
मरकर भी जीने की न लालसा खोती है।

है एक किरण ऐसी सूरज की आँखों में
बुझकर भी जो हर भोर जगाया करती है,
है एक बूंद ऐसी बादल के आँचल में
सारी दुनिया को जो नहलाया करती है।

गायक के अधरों पर है ऐसा एक गीत
चुप होकर भी जो युग-युग गाया जाता है,
मुरझाते उपवन में है ऐसा एक फूल
जिसके तन को पतझर नहीं छू पाता है।

साँसों के घर में एक साँस ऐसी रहती
मरघट का सूना भी न जिसे भर सकता है,
मिट्टी की पुतली में है ऐसा एक स्वप्न
जिसके कारण इन्सान नहीं मर सकता है।

तुम कहते मुझे न भूलोगे तुम जीवन-भर
पर कल ही तुम पहचान न मुझको पाओगे,
ये वस्त्र उतार नये कल जब पहनूँगा मैं
तब मुझे अजनबी कहकर तुम मुस्काओगे।

मेरे सिरहाने जलता है जो एक दीप
कल हँसकर मैंने था उससे यह प्रश्न किया,
'क्या बतला सकते हो तुम ओ मेरे साथी!
कब कब मेरी आँखों ने तुमको स्नेह दिया?'

वह नीची नज़रें कर सकुचाकर यों बोला
मैंने देखी है बुझी सुबह औ' जली शाम,
शायद तुमको तो पहली बार निहारा है,
इसलिए नहीं मालूम तुम्हारा नाम-धाम

ऐसे ही मैंने पूछा पथ के पत्थर से
जिस पथ मैं बरसों से चलने का अभ्यासी,
वह बोला तुमसे कितने आए चले गए
क्या मुझे पता तुम कौन देश के हो वासी?

जब एक लहर से कहा कि क्षण भर रुक जाओ
सुन लो मेरे जीवन की करुण-कहानी तुम,
वह तुनुक गई, बोली फ़ुरसत है मुझे कहाँ
जो देखूँ मैं गुमसुमी निगाहें यह पुरनम।

बस यही सत्य है, यही सत्य है सिर्फ दोस्त!
हम सभी लगे हैं अपने अपने परिचय में,

बस उसको ही हम कहने लगते हैं अपना
जो भी माध्यम बन जाता इस छल-अभिनय में

अवकाश कहाँ है हमें कि हम देखें जग को?
देखते देखते खुद को आँखें थक जातीं,
हम कैसे कहें सुनें औरों की कथा कि जब,
अपनी ही बात न अपनी साँसें कह पातीं।

तुम मेरे लिए विकल हो केवल इसीलिए,
तुमने मुझमें कुछ देखा है ऐसा अपना,
अन्यत्र कहीं जो देख न पाये तुम जग में,
जो और जगह बस रहा एक मिथ्या सपना।

पर कल ही आकर कोई तुम्हें दिखाएगा,
वह जो तुमने देखी मुझमें सुन्दर झाँकी,
तब सच ही मुझे भूल जाओगे तुम ऐसे,
जैसे हो कहीं न कोई मेरी सुधि बाकी।

पर आज मुझे तुम घेर-घार कर यों बैठे,
ज्यों छूने दोगे तुम न काल को तन मेरा,
तुम नहीं निकलने का पथ दोगे साँसों को,
तुम नहीं बिखरने दोगे यह जीवन घेरा।

पर यह तो सोचो जिसे पकड़कर बैठे तुम,
वह मिट्टी है मिट्टी की केवल जड़ काया,
पर इस जड़ के अन्दर जो चेतन बोल रहा,
क्या छू भी सकते हो तुम सब उसकी छाया?

वह इस मिट्टी के अन्दर बन्द मगर फिर भी,
तुम क्या, उसको तो काल नहीं पा सकता है,
वह जहाँ जागकर भोर कर चुका है अपना,
उस जगह नहीं कोई सूरज जा सकता है।

पड़ जाएगा यह चन्दा काला वहाँ, जहाँ
उसके जीवन की रात थकी सी सोती है,
ले सकता थाह नहीं उसकी कोई सागर,
जिस सजल सीप का वह अनबींधा मोती है।

जितनी गति उसके पाँवों में बन्दी अनन्त
उतना न तेज़ चल सकता है कोई समीर,
जितनी गहरी उसके आँसू की एक बूँद,
उतना गहरा संसृति का कोई नहीं नीर।

उसकी ऊँचाई के सम्मुख हिमगिरि नगण्य,
उसकी नीचाई के सम्मुख नीचा पताल,
उसकी असीमता के सम्मुख आकाश क्षुद्र,
उसकी विराटता के सम्मुख अति क्षुद्र काल।

सौन्दर्य सकल यह उसका ही प्रतिबिंब रूप,
है स्वर्ग उसी का सुन्दरतम कल्पना, नीड़,
है नर्क उसी की ग्लानि-घृणा का गेह-ग्राम,
जग की हलचल उसके ही मन की भाव-भीड़।

ये सूर्य, चन्द्र ऊषा, पूषा, नक्षत्र पुंज,
उसकी ही कांति ज्योति से ज्योतित भासमान,

यह निशा उसी के नयनों की काली पुतली,
मृदु हास अधर का मधुर ज्योतिवाही विहान।

हैं आँख उसी की बरसा करती बादल से,
है उसकी ही मुसकान थिरकती फूलों पर,
संगीत उसी का गूँज रहा है कोयल में,
हैं बिंधे उसी के स्वप्न नुकीले शूलों पर।

नभ भाल, दिशाएँ देह, पाँव पाताल अतल
रवि-शशिलोचन, निश्वास-श्वास उन्चास पवन,
मुख काल, बाहु पर्वत विशाल, नख नभ-नक्षत्र,
नयनोन्मीलन-मीलन उसका ही प्रलय सृजन,

है ग्रीष्म उसी की अग्नि उसास विषादमयी,
है हास-विलास उसी का यह मादक वसंत,
उसके ही स्वेद बिन्दु की धार सजल पावस,
उसका ही उर उच्छ्वास पीत पतझर अनंत।

वह चिर विराट् फिर भी इस मिट्टी के अन्दर,
बन्दी होकर अपनी असीमता को समेट,
इस सृष्टि-प्रसारण के हित करता अनमाँगे,
मिट्टी को अपने अश्रु हास अनमोल भेंट।

क्रीड़ा करने को नित्य नयी वह भाँति-भाँति,
बुनता है सपनों के सुन्दर रेशमी जाल,
कस्तूरी-मृग-सा फिर उसमें ख़ुद बँध जाता,
अनुभव करने को संसृति की सीमा विशाल।

वह अणु में बन्दी होकर भी है मुक्त सदा,
वह जल में रहकर भी जल से है बहुत दूर
जलकर भी ज्वाला में न राख बनता है वह,
पाषाणों से दबकर भी होता नहीं चूर।

वह अजर अमर चिर जीवित अपनी इच्छा से,
अपनी इच्छा से ही तजता वह तन अपना
वह ऐसा एक सत्य जो अपनी इच्छा से,
बन सकता है सुन्दर से सुन्दरतम सपना।

जो आज जा रहा मैं असमय ही यात्रा पर,
वह सचमुच मेरी चाह हुई है जाने की
जो ठहर नहीं पाती हैं अब मेरी साँसें
है मेरी ही वह चाह नहीं रुक पाने की।

कारण–चलती-फिरती ही देह न दुनिया है,
साँसों के चलने का ही नाम न जीवन है,
जीवन है वहाँ जहाँ सपनों की छाया में
आशा इच्छा-घुँघुरू पर करती नर्तन है।

चलने को तो साँसें सालों तक चलती हैं,
यात्रा-क्रम भी प्रतिपल ही बढ़ता जाता है,
पर मैंने तो देखा है सौ-सौ सालों में
मुश्किल से कोई एक दिवस जी पाता है।

हैं पढ़े न मैंने मज़हब के पोथे मोटे,
संचित न कर सका किसी वाद का तनिक ज्ञान,

मन्दिर-मसजिद की ओर न मेरी दृष्टि गयी,
काबा-काशी का मुझे न आया कभी ध्यान।

संध्या-नमाज का राज न अब तक जान सका,
इसलिए वक्त उसमें न किया बर्बाद कभी,
अपने जीवन की सूनी घड़ियों को मैंने,
है किया न तर्क-वितर्कों से आबाद कभी।

मैं वही पढ़ा जो मुझे पढ़ाया जीवन ने,
हूँ सीख सका वह गया सिखा जो समय-काल,
मैंने बस मानवता को पूजा जीवन में,
बस सदा आदमी के आगे यह झुका भाल।

क्या सत्य असत्य, नहीं मैंने कुछ भी सोचा,
मन शान्त हुआ जिसको पा, उसको सत्य कहा,
जो आकर जीवन में आँसू सा चला गया,
मेरी आस्था ने केवल उसे असत्य कहा।

फिर और दूसरा भी मेरा यह अनुभव है,
जो सत्य, वही जीवन में थिर रह पाता है,
जो मिथ्या है, भ्रम है, असत्य है, क्षणभर में,
हलचल सा आता है, जल सा बह जाता है।

चाहे वह मिट्टी, सोना हो, आँसू, मोती,
चाहे वह प्रीति, घृणा हो, चाहे सच, सपना
है सत्य वही केवल इस जग में, जीवन में,
आखिरी साँस तक साथ निभाये जो अपना।

जीवन को मैंने देखा था चौराहे से
धरती पर पाँव टिका जग में मैंने झाँका,
मैंने मानव पहचाना उसकी आँखों से
पर-हित से ही निज-हित का मूल्य सदा आँका।

प्राणों के भीतर झाँक, प्यार की दो बातें
जो कोई भी कह गया, हो गया मैं उसका,
उस पर कर दिया निछावर अपना गीत-कोष
हो सका विश्व में कभी नहीं कोई जिसका।

दीपक सा जला निरन्तर अपने जीवन भर
जलकर धुलकर जग का अँधियारा दूर किया,
अंगारों पर बैठा मुस्काता रहा सदा
सब दर्द-दाह भीतर ही भीतर चूर किया।

पग पग पर मजबूरी ज़ंजीर पिन्हाती थी
पर कभी मुसीबत के आगे सिर झुका नहीं,
सौ बार पहाड़ पथ पर आकर खड़े हुए
बढ़कर तूफ़ानी पग पर मेरा रुका नहीं।

आँधियाँ घिरी, घन मँडराये, ओले बरसे,
काँटों ने दामन थाम मुझे पथ पर रोका,
अवरोध किया चट्टानों ने मेरी गति का
सौ बार गरजकर सागर ने मुझको टोका।

तूफ़ानों ने दिग्भ्रांत मुझे करना चाहा,
कलियों ने मुस्काकर पथ पर जादू डाला,

धरती ने जी भरकर उगले अंगार क्रुद्ध
अम्बर ने जी भरकर बरसाया अँधियाला।

जीवन का अंचल किन्तु नहीं छोड़ा कर से
ख़ुद पर अजेय विश्वास लिये मैं बढ़ा चला,
सौ बार विफलता की आँधी से टकराया
पर कभी पराजित अश्रु न आँखों से निकला।

हाँ एक जगह मैं भी हारा हूँ जीवन में
जिस जगह हारती आई है दुनिया सारी,
जिस जगह सदा से शक्ति विवश है मानव की
जिस जगह हारने की ही है बस लाचारी।

भीगी आँखों को देख नहीं मैं हँस पाया,
ठुकरा न सका मैं प्यार भरा नयनामंत्रण,
विश्वास किसी का कभी न मुझसे छला गया,
तोड़ा न गया मुझसे जीवन का आकर्षण।

जब जहाँ मिला सौन्दर्य वहाँ क़ुरबान हुआ
जिस जगह प्यार पाया, उस जाँ मठ बना दिया,
जो पंथ मिला गीला पथिकों के श्रम-जल से
उस पथ की मिट्टी को मस्तक पर लगा लिया।

पथ पर कितने ही मिले मुझे संगी-साथी
कुछ मुझमें हलचल क्रान्ति मचाकर चले गये,
कुछ ऐसे भी आये जो कुछ देकर अपना
मेरा संचित सर्वस्व चुराकर चले गये।

कुछ ऐसे मीत मिले जो क्षणभर साथ रहे,
दो एक दिवस कुछ पथ करते आबाद रहे,
कुछ ऐसे जिनकी कभी-कभी सुधि आती है,
कुछ ऐसे जो अब तक हैं मुझको याद रहे।

जितने भी पथ पर मिले मुझे संगी-साथी
जब तक प्रकाश था साथ रहे मेरे मग में,
पर उस दिन की छाया से वे छिप गये कहीं
जिस दिन सपने ढल गये अश्रु बनकर दृग में।

दो चार दिवस पहले यह इच्छा होती थी
फिर हो कोई मेरे सूने पथ का साथी,
फिर से कोई आये एकाकी जीवन में
पढ़ सके नयन की जो मेरी गीली पाती।

पर आज किसी की छाया भी तो आस-पास
मुझको न तनिक भाती है और सुहाती है,
जग क्या मुझको अब अपनी परछाईं तक भी
जीवन-यात्रा में दुश्मन सी दिखलाती है।

तुम इसे कहोगे केवल मेरा विजित अहं
पर जीने का अनुभव यह मुझे बताता है,
जीवन में आता एक समय ऐसा भी जब
अपने रोंयें तक पर विश्वास न आता है।

अब मन होता है यह कि मरूँ मैं वहाँ जहाँ
कोई न लाश पर मेरी रोनेवाला हो,

हो शव को मेरे कफ़न नसीब न जहाँ और–
कोई न चिता में आग लगानेवाला हो।

मेरा वश चलता तो मैं विधि से यह कहता
मेरी साँसों की प्राण-श्वास ऐसे निकले,
सम्मुख लहराता हो मधु का सागर गहरा
तट पर कुछ दूर प्यास से प्राण मचले।

निर्माण हुआ हो संघर्षों से ही जिसका,
तूफ़ानों में ही जो नित जागा-सोया हो,
जिसने गाते गाते पीड़ा को पाला हो,
हँसते-हँसते जिसने मन का धन खोया हो,

यदि शेष न उसके ही पथ पर आफ़तें रहें
तो शायद फिर उसको चलना भी मुश्किल है,
मरने में भी आनन्द न उसको आयेगा
जब तक उसके अधरों पर आँसू का जल है।

अपने ही पैरों चल यदि मरघट पहुँच सके
इससे बढ़कर बरदान मनुज को क्या होगा,
हँसते हँसते आलिंगन मृत्यु करे यदि जग
इससे बढ़कर सम्मान मनुज का क्या होगा।

मैं समझ नहीं पाया हूँ अब तक यह रहस्य
मरने से क्यों सारी दुनिया घबराती है,
क्यों मरघट का सूनापन चीखा करता है,
जब मिट्टी मिट्टी से निज ब्याह रचाती है।

फिर मिट्टी तो मिटती भी नहीं कभी भाई!
वह सिर्फ शक्ल की चोली बदला करती है,
संगीत बदलता नहीं किसी भी सरगम का
केवल गायक की बोली बदला करती है।

पर कहता है अस्तित्व जिसे संसार सकल
उसकी सत्ता तो सचमुच एक भुलावा है,
कर्त्ता का नहीं, जन्म कृति का ही होता है।
केवल कृतित्व जग जीवन का पहनावा है।

लेकिन है समय अखंड, खंड प्रत्येक कर्म
इसलिए उम्र कम-ज़्यादा सबकी होती है,
कहते तुम जिसे अमरता वह भी मरती है,
हाँ यह सच, वह कुछ ज़्यादा लाशें ढोती है।

झरने के बाद हरेक फूल बन-बगिया का
हो गंधरूप रहता कुछ देर बयारों में,
बस इसी तरह मृत्यु के बाद प्रत्येक व्यक्ति
रहता है कुछ क्षण जग के भाव-विचारों में।

लेकिन इसका यह अर्थ नहीं है कभी दोस्त!
केवल तुम अपने लिए जियो, जग को भूलो,
तुम जलो जहाँ हो जाय प्रकाशित वहाँ धरा,
मधुमय हो सारा विश्व कभी यदि तुम फूलो।

हमऔ' तुम पर, जग पर, जीवन, हर मानव पर
जग का? जग की मिट्टी तक का भारी ऋण है,

है लेना हमको उचित तभी तब जग-मग से
जब तक बदले में देने को कुछ कंचन है।

सूरज से प्राण, धरा से पाया है शरीर,
ऋण लिया वायु से है हमने इन साँसों का,
सागर ने दान दिया है आँसू का प्रवाह,
नभ ने सूनापन विकल विधुर उच्छ्वासों का।

जो जिसका है उसको उसका धन लौटाकर
मृत्यु के बहाने हम ऋण यही चुकाते हैं,
इसको ही कोई कहता है अभिशाप-ताप
वरदान समझ कुछ इस पर खुशी मनाते हैं।

जो हँसने की है बात न यूँ उस पर रोओ
गीला मत करो आँसुओं से अपना अंचल,
है पंथ पुकार रहा, जल्दी दो विदा मुझे
बाँध लो गाँठ में मानस की सारी हलचल।

किसके रोने से कौन रुका है कभी यहाँ
जाने को ही सब आये हैं सब जायेंगे,
चलने की तैयारी ही तो बस जीवन है
कुछ सुबह गये, कुछ डेरा शाम उठायेंगे।

संध्या को जब सूरज ढलता है पश्चिम में
तब कितने फूल बाग में मुरझा जाते हैं,
जब सुबह सिसककर चाँद कहीं सो जाता है
तब कितने आँसू धरती पर उग आते हैं?

पर ठहरा सूरज कभी? कभी क्या चाँद रुका
क्या थमा समय कोई घर-द्वार बसाने को?
आने से पहले कौन गया है नहीं यहाँ
जाने से पहले आया कौन बुलाने को।

आता है एक रोज़ मधुवन में जब वसन्त
तृण तृण हँस उठता कली कली खिल जाती है,
कोयल के स्वर में भर जाती है नई कूक
कोंपल पेड़ों पर पायल नयी बजाती है।

पर जब तक बने सुहागिन जग की सुन्दरता
सिन्दूर चुराकर सब वसन्त चल देता है,
लुट जाता है जीवन-बगिया का सब सिंगार
वैधव्य समान विषाद करवटें लेता है।

मिट्टी में लेटी कली-कली तब कहती है
इस तरह लूटना था तो क्यों यह रूप दिया?
कोयल चिल्लाती-जब कि रुलाना ही था फिर
क्यों मेरे सोये स्वर को गीत अनूप दिया?

धरती की राजकुमारी फूट बिलखती है,
'कुछ देर अभी तो और पास प्रियतम! ठहरो,
है पूरी तरह खिला भी नहीं अभी यौवन,
कुछ देर अभी तो और कपोलों पर लहरो।'

पर अट्टहास कर ऋतुपति उत्तर देता है
मैं नहीं ठहरने को–जाने को आया था,

तुझको तेरी असली तस्वीर दिखानी थी
इसलिए तुझे यह नकली रूप उढ़ाया था।

इस तरह चला जाता है प्रिय! हर एक यहाँ
सिर धुनती पछताती दुनिया रह जाती है,
रोकने-टोकने की कोशिशें बहुत होतीं
एक भी मगर कोशिश न अरे चल पाती है।

गति से प्रेरित, गतिशील यहाँ प्रतिक्षण, प्रतिकण
यह अचला भी चल है; नभ घूम रहा सारा,
ये सूरज, चाँद, सितारे अहरह दौड़ रहे,
कर रहा अँधेरे की परिक्रमा उजियारा।

अस्तित्व मिटा देने को अपना सागर में
वह नदी फोड़ चट्टान दौड़ती जाती है,
धरती पर गिरकर खुद मिट्टी बन जाने को
वह बदली नभ में कितना शोर मचाती है?

झर जाने की ही अविरत व्याकुलता में तो
हर फूल रोज़ वन की डाली पर खिलता है,
बुझ जाने की ही इच्छा-आकांक्षा में बस
हर दीप अँधेरे के आँगन में जलता है।

मंजिल पर जाकर सिर्फ ठहरने को ही तो
राहों पर है गतिवान साँस का यह राही,
पथ पर कुछ देर ठहरने के ही लिए कहीं
जीवन को मिली जवानी की लापरवाही।

जब जाना है अनिवार्य, हँसे फिर क्यों न आज,
क्यों गायें अंतिम गीत न मुग्ध जवानी का,
युग-युग से अपने बिछुड़े हृदय मिलाकर हम
क्यों देखें मिलन न अपनी विरह-कहानी का।

मुस्काने से हर मुश्किल हल हो जाती है,
हँसने से दुख ही बढ़कर सुख बन जाता है,
पतझर में भी क्षणभर-गा उठती है कोयल
आँसू भी गीतों को आवाज़ लगाता है।

इसलिए उठो नख से शिख तक शृंगार करो
नयनों की काजल-रेख न गीली होने दो,
मुस्कानों का चमकीला कफ़न उढ़ा मुझ पर
मुझको सुख से अपनी शय्या पर सोने दो।

गाओ फिर गीत वही जो उस दिन संध्या को
इमली कि छाया में हम-तुमने गाया था,
फिर उसी सितारे की कुछ बातें और करो
हमने जिसको अपना राज़दाँ बनाया था।

गोरे मस्तक पर लगा चन्द्रमा का टीका
फिर वही पूर्णिमा बनकर तुम आओ साथी!
थी रची तुम्हारे हाथों में जिसने मेंहदी
भेजी थी जिसने तुम्हें चाँदनी की पाती।

तन के संग मेरा मन भी जिस दिन भीगा था
वह होली का दिन फिर से ज़रा बुला लाओ,

जीवन भर की बाज़ी हम जिस दिन हारे थे
वह दीवाली का खेल ज़रा फिर दुहराओ!

हाँ! छुई-मुई-सा वह रूठना तुम्हारा प्रिय!
बुझती आँखें हैं अभी देखने की प्यासी,
नाराज़ी–जिसको गीत मनाया करते थे
बह रही आज क्यों आँसू बनकर विधुरा सी?

मेरा सीना तर करो न अपने आँसू से
तन भीगा तो मन भी भारी हो जायेगा,
यदि इसी तरह तुम रहे सिसकते सिरहाने
तो शायद मुझको भी यह सिन्धु डुबायेगा।

प्रिय! मानो मेरी बात, इधर सम्मुख आओ
लाओ यह हाथ, ज़रा इसको सहलाने दो,
ये बाल उधर मत करो, घमाओ इधर शीश
निर्जीव उँगलियाँ इनमें ज़रा फिराने दो।

वह देखो परदा उठा, खटकता है किवाड़
दरवाज़े पर कोई आवाज़ दे रहा है,
यह देखो हिचकी आयी, पथरायी पुतली,
यह कोई कंठ दबाकर प्राण ले रहा है।

है काँप रही दीपक की लौ, तम हँसता है,
कमरे की दीवारें चलती-चिल्लाती हैं,
यह बेड़ी सी कोई मुझको पहनाता है,
यह छाया सी कुछ पास खिसकती आती है।

लो चला, सँभालो तुम सब अपना साज-बाज,
दुनियावालों से प्यार हमारा कह देना,
भूले से कभी अगर मेरी सुधि आ जाये
तो पड़ा धूल में कोई फूल उठा लेना!

जो अब तक इतनी देर कही मैंने तुमसे
वह बात ज़िन्दगी की थी, मृत्यु बहाना थी,
मिट्टी मानव की एक कहानी थी जिसमें
छब्बीस सफ़ों की पुस्तक एक सुनाना थी।

मज़दूर का स्वप्न

उगल रहा नभ आग, धधकतीं
धू - धू दसों दिशाएँ,
खौल रहा जल, झुलस रहा जग,
उड़ती अगिन - शिखाएँ!

आयी हुई क्रोध में चोटिल
ज़हरीली नागिन बन,
प्रकृति रही फुंकार सकल पल
हर-हर साँय सनन-सन!

शव पर घिरी मौत-सा फैला
सूनापन पथ - पथ पर,
मौन खड़े सब नगर, ग्राम, वन
मौन पड़े तरु-कोटर,

ख़स की टट्टी में कायर-सा
छिपकर वैभव सोता,
उसे पता क्या पेट और–
रोटी का क्या छल होता?

किन्तु, वाह रे बुद्ध! तेरा–
साहस अजित अपार,
शत-शत कोटि युगों तक जिस पर
युग का कवि बलिहार!

डगमग नैया से डगमग पग
खंडहर-सा जर्जर तन,
सूखे अधर तृषित मरुथल-से
चिर आहत अन्तर्मन!

एक वजा और न पहुँचा
कल से मुँह में दाना,
फिर भी वह गा रही कुल्हाड़ी
खुट - खुट खुट्ट तराना!

वह पथरीला प्रान्त जहाँ–
साक्षात् काल मँडराता,
वहीं नग्न निज वक्ष खोल वह
जीवन-मूल्य चुकाता;

साँझ मिलेंगे दो आने, बस–
यही एक धर धीर;
क्रुद्ध मौत से खड़ी लड़ रही
मिट्टी की तसवीर!

कर मशीन के पुरज़ों से चल–
रहे प्रात से प्रति पल,
खेल रहा धुँधली आँखों में
बुझते जीवन का 'कल'–

"बीस साल पहले का भी था
ऐसा ही जेठ महीना,

जिसकी लू ने छीन लिया था
मेरा प्यारा 'दीना'!

आज अगर जीवित होता
पच्चीस साल का होता,
फिर क्या मेरा भूखा बूढ़ा–
तन यों लकड़ी ढोता!

पाँच साल का ही तो था पर
खेत निरा लेता था,
कभी अकेला नहीं हार कर
वह जाने देता था,

कहता था, "जब पारछाल हम,
तुम - छे हो जायें दे,
एत तुम्हाले लिये बहुलिया
छोती - छी लायें दे।"

किन्तु हाय, टूटा असमय ही
वह सुख - सपना मेरा,
मुझे घेरकर पड़ा हुआ अब–
मुसीबतों का डेरा!

कल की ही तो बात छिना वह
खेत उमरिया वाला,
जिसे खून से सींच-सींचकरे
था पुरखों ने पाला।

मेरे सुख-दुख के साथी वे
कारे-धौरे बैल,
कल खोल ले गया महाजन
किया न मन में मैल,

परसों लगी लपट गुनियाँ को
आँख न अब तक खोली,
'बापू-अम्मा, बापू-अम्मा'–
कहकर तनिक न बोली!

तीन महीने की मुनियाँ कह
रोती है छिन, पल में
एक बूँद भी दूध नहीं है
'फूला' के अंचल में;

तीन महीने से रहती वह
आधे पेट बिचारी,
कैसे दूध बने, फिर कैसे–
कटे मुसीबत भारी!

गाय 'चमेली' होती तो कट–
जाते ये दुख के दिन,
पटवारी ले गया उसे पर
पीड़ित कर पीड़ित मन!

चिन्ह झलकने लगे सभी कुछ
'चम्पा' में नारी के

पीरे हाथ न किन्तु हो सके
अब तक दुखियारी के!

पानी भरने जाती जब वह
कभी अगर पनघट पर,
सारा गाँव घूरता उसको
आँखें नचा-नचा कर;

परसों ही तो ज़मींदार का–
लड़का दारू पीकर
रोके राह खड़ा था उसकी,
उसका हाथ पकड़ कर,

इसी भाँति बस एक-एक कर
सब पिछली घटनाएँ,
आ-आकर बहती नयनों से
बन कर जल-धाराएँ!

मन में टीस, नयन में फैला
सुधियों का खारा जल,
किन्तु हाथ में सधा हुआ–
कर्त्तव्य-कुल्हाड़ी का बल!

सहसा पड़ने लगे शिथिल कर
मन भी कुछ थक आया,
चक्कर आने लगा, नयन के
सन्मुख तम - सा छाया;

प्यास लगी कुछ और हृदय ने
सोचा यह क्षण भर को–
"चल दे दो विश्राम छाँह तरु में,
निज तन जर्जर को!"

खाली पेट भरा बुद्धू ने
पीकर पानी सर का,
और सहारा लिया पास के
एक कँटीले तरु का;

खाली पानी लगा पेट में
बेहोशी -सी आई
पलकें मुँदने लगी, नयन में–
धुँधली बदली छाई!

ढुलक गया तरु के नीचे
बुद्धू का तन चिर जर्जर,
आहत मन देखने लगा पर
जीवन -सपना सुन्दर!

देखा अपना घर फूटा जो
महल समान खड़ा था,
जिस पर टूटा नहीं, किन्तु अब
छप्पर नया पड़ा था!

बँधी हुई थी गाय चमेली
घर के दरवाज़े पर,

जिससे खेल रही थीं गुनियाँ-
मुनियाँ किलक-किलक कर!

उसके सुख-दुख के साथी वे
बैल बँधे थे घर में,
फूला जिनको खिला रही थी
चारा लेकर कर में!

वह निर्दयी महाजन बुड्ढा
खड़ा हुआ था द्वारे,
भीख सदृश कुछ माँग रहा था
दोनों हाथ पसारे!

देखा अपना लुटा खेत यह
हरा - भरा मुसकाता,
बैठा हुआ मेड़ पर जिसकी
बुद्धू चिलम उड़ाता!

देखे निज खलिहान भरा था
जिनमें नाज अपरिमित
चलती थी दायें बैलों की–
तिक-तिक हर्षित, अ-थकित,

खेत निराने को देखा फिर
'दीना' मचल रहा था,
धोती पकड़े हुए पीठ पर
पल-पल उछल रहा था!

देखी अपनी चम्पा बिटिया,
बनी खड़ी थी दुलहिन,
पड़ती थीं भाँवरे प्राण की
होता मन-गठ-बन्धन!

विदा समय देखी जब चम्पा
रोती गले लिपट कर,
बन्द पलक से ढुलक पड़े सुख–
स्नेह-अश्रु दो भू पर!

किन्तु न देख सका जी भर कर
सपना भी वह प्यारा,
क्रूर मौत-सा आ पहुँचा–
सहसा मालिक हत्यारा!

देखा सोता हुआ बुद्धू को
खून चढ़ गया सर पर,
रक्त नेत्र हो गये वधिक-से
इतनी-सी ग़लती पर!

ठोकर एक लगाई सर में,
सर टकराया तरु से,
जर्जर प्राण न सह पाये
उड़ चले अस्थि -पंजर से!

फटी हुई पथराई आँखें
दो आँसू ढुलका कर,
कविता में दे गईं निठुर की
निर्दयता का उत्तर!

किन्तु न पढ़ पाया वह नर-पशु
उन दो कण की भाषा,
कवि ने लिखी, प्रकृति ने पढ़ ली
उसकी उर-अभिलाषा!

गाज गिर पड़े उस वैभव पर
जिसके रँग में रँग कर
पढ़ न सके मानव मानव की
भाषा का परिचित स्वर!

अश्रु थाम तुम भी ओ! देखो
इस वैभव की मस्ती,
जिसने मानव की परिभाषा
कर दी इतनी सस्ती!

माँ का दूध हराम तुम्हें यदि
बदला यह न चुकाओ,
जीना तुम्हें गुनाह न यदि
इसकी तुम ख़ाक उड़ाओ!

मानव तुम, सौगन्ध तुम्हें है
अपनी मानवता की,
ईंट हिला देना नर-भक्षक–
इस वैभव-सत्ता की!

विद्रोही

मैं विद्रोही हूँ, जग में विद्रोह कराने आया हूँ,
क्रान्ति क्रान्ति का सरल सुनहरा राग सुनाने आया हूँ।

मुझको गिरि-सागर ने रोका, रोका चट्टानों ने,
काँटों झंखाड़ों ने रोका, रोका तूफ़ानों ने,
फाँसी के तख्ते ने रोका, रोका वीरानों ने,
बरसाती आँखों ने रोका, प्यासे अरमानों ने,
रोक सका है कौन उसे जिसने बस चलना ही सीखा,
बुझा सका है कौन उसे जिसने बस जलना ही सीखा,
मिटा सका है कौन उसे जिसने बस जीना ही सीखा,
विष भी तो मधु बना उसे जिसने बस पीना ही सीखा,
आज विश्व को यही अमर मैं पाठ पढ़ाने आया हूँ।
मैं विद्रोही हूँ, जग में विद्रोह कराने आया हूँ।

सावधान ओ! सावधान लो, अब मैं क़दम बढ़ाता हूँ,
सावधान! सूखी साँसों से मैं तूफ़ान उठाता हूँ,
सावधान! लो सात सागरों में मैं आग लगाता हूँ,
एक बार मरकर ही मैं युग-युग तक जीने आता हूँ,
हुंकारें सुन हिल जायेगी भू, नभ की तसवीरें,
ताज हिलेंगे, राज हिलेंगे, तख्तों की तक दीरें,
हिल जायेंगे मन्दिर-मस्जिद पराधीन ज़ंजीरें,
किन्तु रहेंगी अमिट लहू से मेरे बनी लकीरें,

आज विश्व के वैभव की मैं ईंट हिलाने आया हूँ।
मैं विद्रोही हूँ, जग में विद्रोह कराने आया हूँ।

चाँदी का व्यापार यहाँ पर प्राणों का व्यापार नहीं,
है संसार अरे धनियों का दुखियों का संसार नहीं,
यहाँ जवानी के दिल पर अरमान मिटाये जाते हैं,
और आँख के पानी से इन्सान बनाये जाते हैं,
यहाँ महल के लिए जीर्ण झोंपड़ी जलाई जाती है,
और ख़ून से दीनों के मधु-प्यास बुझाई जाती है,
यहाँ कँटीले झाड़ों में ज़िन्दगी बसाई जाती है,
कागज़ के टुकड़ों पर अस्मत यहाँ लुटाई जाती है,
हाथों से मुँह ढाँप बैठकर यहाँ जवानी रोती है,
केवल पेट और रोटी की यहाँ कहानी होती है,
अधिकारों के हेतु यहाँ नित-नित कुर्बानी होती है,
देख जिसे मानवता जग की पानी-पानी होती है,
यहाँ विकसने से पहले ही फूल अरे! मुरझाते हैं,
और स्नेह पड़ने से पहले ही दीपक बुझ जाते हैं,
दो दानों पर यहाँ गोद के लाल लुटाये जाते हैं,
पर कुत्तों को षटरस व्यंजन यहाँ खिलाये जाते हैं,
यहाँ कली के अंचल में ज़हरीली नागिन सोती है,
मधुबाला के दामन में बस विष की ज्वाला होती है,
पत्थर के काले-पीले टुकड़े भगवान यहाँ बनते,
फूट-फूटकर दिल के छाले ही बस गान यहाँ बनते,
नर्क बना है विश्व आज मैं स्वर्ग बनाने आया हूँ।
मैं विद्रोही हूँ, जग में विद्रोह कराने आया हूँ।

परवशता की हथकड़ियों से जकड़ी हैं जिनकी बाँहें,
और चीथड़ों में ही ठिठुरी जिनकी सब कोमल चाहें,
पाषाणों से ही लड़-लड़कर टूट गईं जिनकी आहें,
सुनी कपोलों ने जिनके बस आँसू की ही अफ़वाहें,
केवल मौत मौत ही जिनसे हरदम करती हैं बातें,
जिनसे लड़ने को उद्यत रहती हैं कुत्तों की पातें,
काली पड़ती जाती हैं जिनकी आहों से ही रातें,
जिन पर नयी नयी करती है रोटी ही नित-नित घातें,
आज उन्हीं के हाथों में मैं मौत बसाने आया हूँ।
मैं विद्रोही हूँ, जग में विद्रोह कराने आया हूँ।

उधर बह रही है मेहनतकश मानव के शोणित की धार,
जिसको पीकर उठती जाती वैभव की गोरी दीवार,
उधर युगों से गूँज रहा है मौन रुदन औ' हाहाकार,
किन्तु इधर चल रही रूप के नयनों की तिरछी तलवार,
दो पैसों पर वहाँ लुट रही बहनों की अस्मत देखो!
एक इकन्नी पर बिकती उस बाला की क़िस्मत देखो!
खाने को तन में न माँस भी मालिक की रहमत देखो!
और इधर प्याली के मद में यौवन की जन्नत देखो!
देखो, देखो, आँख खोलकर तुम्हें दिखाने आया हूँ!
मैं विद्रोही हूँ, जग में विद्रोह कराने आया हूँ।

तुम वह हो बस सत्य रही है जिनकी एक निशानी,
तुम वह हो भालों पर जिनकी बीती सदा जवानी,
तुमने पानी पर तैराये पत्थर कर-कर पानी,
तब बलिदान, त्याग ही तो बनते इतिहास कहानी,

भूल गये तुम भूल गये पर हरिश्चन्द्र को भूल गये,
गीता-रामायण को भूले, रामचन्द्र को भूल गये,
काँटों पर सोने वाले मेवाड़सिंह को भूल गये,
फाँसी पर मुसकाने वाले भगतसिंह को भूल गये,
भूल गये जो कुछ तुमको वह याद कराने आया हूँ।
मैं विद्रोही हूँ, जग में विद्रोह कराने आया हूँ।

नसेनी

(नसेनी, निसैनी, निश्रेणी, अधिरोहिणी = ऊपर चढ़ने का साधन यानी सीढ़ी। नसेनी जीवन का एक रूपक है। दो बाँस–हृदय और बुद्धि अथवा शरीर और आत्मा हैं। तीन डंडे (सीढ़ियाँ) जीवन के तीन पन क्रमशः बचपन, यौवन और बुढ़ापा है। आँगन जहाँ से हम इस आयु रूपी नसेनी पर चढ़ना आरम्भ करते हैं, जन्म का प्रतीक है और छत जहाँ पहुँचकर हमारी यह चढ़ाई खतम हो जाती है और जहाँ जाकर अन्त में हम सो जाते हैं, मृत्यु का प्रतीक है। कविता में आया हुआ 'घुन' दुःख का प्रतीक है! घुन बाँस, लकड़ी आदि को लग जाता है तो वे नष्ट हो जाते हैं। इन संकेतों को ध्यान में रखकर पाठक 'नसेनी' कविता को पढ़ेंगे।)

दो बाँस, तीन डंडों से बनी नसेनी यह
जो खड़ी सेहन का जोड़ रही छत से नाता,
धरती-आकाश बने जब से तब से इसपर
हर एक यहाँ चढ़-उतर, उतर-चढ़ता जाता!

आँधियाँ घिरीं तूफ़ान चले, टूटे पहाड़
बदला जग, बदली सदियाँ, बदले सिंहासन,
पर अब तक बदल नहीं पाया है क्षण भर को
इस नई-पुरानी सीढ़ी का संसृति-शासन!

कोई आँगन में, कोई पहली सीढ़ी पर
कोई हो खड़ा दूसरी पर पछताता है
पग धरने को है कोई विकल तीसरी पर
कोई छत पर जाकर निज सेज बिछाता है,

अचरज होता है कैसे बस दो बाँसों पर
है सधी सृष्टि इतनी विशाल, इतनी भारी!
कैसे केवल घुन लगे तीन इन डंडों पर
चढ़-उतर रही है युग-युग से दुनिया सारी!

है यह भी एक प्रश्न मैं पूछ रहा खुद से
क्या सबका छत पर जाना यहाँ ज़रूरी है?
आना है क्या अनिवार्य सभी का आँगन में?
क्या एक नसेनी सिर्फ़ ज़िन्दगी पूरी है?

उत्तर देता आकाश कि चढ़ना ही जीवन
औ' मृत्यु उतरने का ही एक बहाना है,
है जन्म-मरण बस तीन सीढ़ियों की दूरी
सबको ऊपर जाना है, नीचे आना है।

अब युद्ध नहीं होगा...

मैं सोच रहा हूँ अगर तीसरा युद्ध छिड़ा,
इस नई सुबह की नई फ़सल का क्या होगा,
मैं सोच रहा हूँ गर ज़मीन पर उगा खून,
मासूम हलों की चहल-पहल का क्या होगा?

यह हँसते हुए गुलाब, महकते हुए चमन,
जादू बिखराती हुई रूप की यह कलियाँ,
यह मस्त झूमती हुई बालियाँ धानों की,
यह शोख, सजल, शरमाती गेहूँ की गलियाँ।

गदराते हुए अनारों की यह मन्द हँसी,
यह पेंगे बढ़ा-बढ़ा अमियों का इठलाना,
यह नदियों का लहरों के बाल खोल चलना,
यह पानी के सितार पर झरनों का गाना।

मैनाओं की नटखटी, ढिठाई तोतों की,
यह शोर मोर का, भौंर भृंग की यह गुनगुन,
बिजली की कड़क तड़क, बदली की चटक मटक
यह जोत जुगुनुओं की, यह झींगुर की झुनझुन।

किलकारी भरते हुए दूध से यह बच्चे,
निर्भीक उछलती हुई जवानों की टोली,

रति को शरमाती हुई चाँद सी यह शक्लें,
संगीत चुराती हुई पायलों की बोली।

आल्हा की यह ललकार, थाप यह ढोलक की,
सूरा मीरा की सीख, कबीरा की बानी,
पनघट पर चपल गगरियों की यह छेड़छाड़,
राधा की कान्हा से छुप-छुप आनाकानी।

क्या इन सब पर खामोशी मौत बिछा देगी,
क्या धुन्ध-धुआँ बनकर सब जग रह जाएगा?
क्या कूकेगी कोयलिया कभी न बगिया में,
क्या पपिहा फिर न पिया को पास बुलाएगा?

मैं सोच रहा युग जो इतिहास लिख रहा है
क्या रक्त घुलेगा उसकी सादी-स्याही में?
क्या लाशों के पहाड़ पर सूरज उतरेगा?
क्या चाँद सिसकियाँ लेगा ध्वंस-तबाही में?

क्या खिज़ाँ चाट लेगी शबाब इन फूलों का,
क्या धूप अँधेरे की दासी हो जाएगी,
क्या क्रान्ति पहन लेगी ज़ंजीरें सोने की?
क्या शान्ति मरघटों में छिपकर सो जाएगी?

क्या पी जाएगा रेगिस्तान नर्मदा को,
क्या गंगा का सैलाब भाप बन जाएगा?
झुक जाएगा क्या शीश हिमालय योगी का,
विन्ध्याचल में पतझार दुबारा आएगा?

मैं सोच रहा– जो फूल रहा खेतों में उस–
बचपन को गोद मिलेगी क्या संगीनों की?
मिटकर मिट्टी के सर पर जो धर रहा ताज
उस श्रम को उम्र मिलेगी टैंक मशीनों की?

जो अभी-अभी सिन्दूर दिये घर आई है,
जिसके हाथों की मेंहदी अब तक गीली है,
घूँघट के बाहर आ न सकी है अभी लाज,
हल्दी से जिसकी चूनर अब तक पीली है,

क्या वह अपनी लाड़ली बहन साड़ी उतार,
जाकर बेचेगी निज चूड़ियाँ बजारों में?
जिसकी छाती से फूटा है मातृत्व अभी,
वह माँ क्या दफ़नाएगी दूध मज़ारों में?

क्या गोली की बौछार मिलेगी सावन को,
क्या डालेगा विनाश झूला अमराई में?
क्या उपवन की डालों में फूलेंगे अँगार,
क्या घृणा बजेगी भौंरों की शहनाई में?

असहाय बुढ़ापा तड़पेगा क्या मरघट में
बारूद करेगी क्या शृंगार जवानी का?
क्या मानवता पर विजयी दानवता होगी,
क्या होगा अन्त पुरानी नई कहानी का?

चाणक्य, मार्क्स, एंजिल, लेनिन, गांधी, सुभाष,
सदियाँ जिनकी आवाज़ों को दुहराती हैं,
तुलसी, वर्जिल, होमर, गोर्की शाह, मिल्टन,
चट्टानें जिनके गीत अभी तक गाती हैं।

मैं सोच रहा क्या उनकी कलम न जागेगी,
जब झोंपड़ियों में आग लगाई जाएगी
करवटें न बदलेंगी क्या उनकी क़ब्रें जब–
उनकी बेटी भूखी पथ पर सो जाएगी?

जब घायल सीना लिये एशिया तड़पेगा,
तब बालमीक का धैर्य न कैसे डोलेगा?
भूखी कुरान की आयत जब दम तोड़ेगी,
तब क्या न ख़ून फिरदौसी का कुछ बोलेगा?

सुन्दरता की जब लाश सड़ेगी सड़कों पर,
साहित्य पड़ा महलों में कैसे सोएगा?
जब क़ैद तिजोरी में रोटी हो जाएगी
तब क्रान्ति-बीज कैसे न पसीना बोएगा?

हँसिये की जंग छुड़ाने में रत हैं किसान,
है नई नोक दे रहा मजूर कुदाली को,
नभ बसा रहा है, नये सितारों की बस्ती
भू लिये गोद में नये ख़ून की लाली को।

बढ़ चुका बहुत आगे रथ अब निर्माणों का
बम्बों के दलबल से अवरुद्ध नहीं होगा,
है शान्ति शहीदों का पड़ाव हर मंज़िल पर
अब युद्ध नहीं होगा, अब युद्ध नहीं होगा।

जीवन-जल !

रह चुकी बहुत बरसात क़ैद में मेघों की
उसको ज़मीन पर अब उतारना ही होगा,
शरमीले नभ के सूरज चाँद सितारों को
पानी का यह घूँघट उघारना ही होगा।

निर्जीव पड़े खलिहान, खेत दम तोड़ रहे
हैं सिसक रहे बन, बाग कराह रहे सारे
हो गये पीलिया से पीले सब पेड़ पात
चर गई लुओं की लपटें, चरागाह प्यारे।

हल की हिचकी बँध रही, हिचकता है हँसिया
विधवा खुरपी, असहाय, अनाथ कुदाली है,
है साँस टूटती मर्द जवान हथौड़े की
बिछुए उतारती नये धान की बाली है।

सूखे से हैं बीमार कुएँ, वापी, तड़ाग
प्यासे बैठे पनघट पर गीत गगरियों के
गश खाकर लेटी हैं खामोश नहर-नदियाँ
हैं ढेर लगे तट पर कंकाल ठठरियों के।

फूलों की लाशों पर खाते भौंरे पछाड़,
मुरदा तितलियाँ कफ़न ओढ़े हैं कलियों का,

चढ़ आया मलय-समीरन को काला बुखार
सब खून तपेदिक चूस गई पथ-गलियों का।

हैं फेन डालते बैल, रँभाती हैं गायें
दौड़ते फिर रहे बछड़े सब बौराये से,
कुत्ते-बिल्ली, तोता-मैना, कोयल-कौये
आकाश देखते सब टकटकी लगाये से

आने दो शीघ्र धरा पर सावन की फुहार
अन्यथा समय की प्यास सिन्धु बन जायेगी
यदि जल न मिला तो सत्य मान ओ आसमान!
यह मिट्टी शोणित के सैलाब बुलायेगी।

नीची हो जाती हैं चोटियाँ पहाड़ों की
जब प्यास तड़प कर अपना शीश उठाती है,
धोने को पाँव विकल हो उठते हैं सागर
जब वह निज रेगिस्तानी नज़र घुमाती है।

उसकी मुट्ठी में बन्द पड़े आँधी-अन्धड़
पग में करवट लेती हलचल भूचालों की,
साँसों में चिनगारियाँ हजारों अकुलातीं
ओठों पर क्रान्ति, करों में माल मशालों की।

अब भी सँभाल ले होश! हवा को देख ज़रा
ज़ंजीर खोल दे शीघ्र ज़िन्दगी के जल की
अब भी है समय छोड़ सिंहासन अंबर का
आज ही आज की सिर्फ़ न, कर चिन्ता कल की

यह जीवन-जल, है आसमान का नहीं मूढ़!
धरती ने दिया उधार, धरा का यह धन है
तेरा नभ में ही इसे रोक रखने का प्रण
तेरे विनाश का सबसे पहला कारण है।

ज़्यादा दिन तक रह सकती नहीं धरा प्यासी
छल टूटेगा पानी के पहरेदारों का
चल नहीं सकेगी साज़िश और सितारों की
रह नहीं सकेगा सूना चमन बहारों का।

तू उसे किसी भी ऊँचाई पर करे क़ैद
बहने को तो पर जल नीचे ही आएगा,
उतनी ही और तेज़ होगी उसकी फुहार
जितना ही ऊँचा उसे बसाया जाएगा।

यह बादल भाप-धुएँ के गुब्बारे हैं बस
इनके बल का अभिमान स्वयं को छलना है
धरती की एक फूँक से ही उड़ जाएँगे
बस ज़रा देर है किसी हवा का चलना है!

लो वह आई पुरवाई, छाई वह बहार,
वह चमकी बिजली, वह मोरों ने किया शोर,
वे लगे झूमने खेत, थिरकने लगे बाग,
वह कली जी गई, गली हो गई वह विभोर!

वह गाने लगी आम की डाल-डाल झूला,
वह लाल लजा हो गई कुमारी कोयलिया,

वह नची बैल की घण्टी, वह छमकी पायल
वह मस्त बजाने लगा मुरलिया साँवलिया।

बौछार पड़ी वह, भीग गई वह नई बहू,
वह बादल गरजा, वह साजन ने गही बाँह,
वे जुगनू चमके, किलक उठे वे ग्वाल-बाल,
वह कजली बोली, वह बिरहाकर उठा 'आह'।

रे! बाँध सका है कौन समय के सावन को
वह एक साथ लाखों स्वर में लहराता है
जो उसे क़ैद करता है, बादल के समान
मिट्टी पर गिर कर खुद मिट्टी हो जाता है।

धनी नगर–एक प्रतिक्रिया

(1)

फिर वही शहर, वही शाम, वही तेरी तलाश,
मुस्कुराते हुए तट पर उदास बैठा हूँ,
तेरी क़समों की क़सम तुझसे, तेरी नज़रों से
दूर होकर भी बहुत, तेरे पास बैठा हूँ!

(2)

चाँद की बाँह में उलझाये लचकती बाँहें
कोई शरीफ़, कोई शोख़ लहर आती है,
उड़ते पानी की तरह याद तेरी उड़-उड़कर
कभी दामन को, कभी दिल को भिगो जाती है।

(3)

और वे ख़्याब जिन्हें ख़ुद तू यहाँ छोड़ गई,
एक बच्चे की तरह उँगली पकड़ लेते हैं,
करते हैं ज़िद कि उन्हें तेरे घर सुला आऊँ,
डाँटता हूँ तो मुझे देख के रो देते हैं।

(4)

कैसे कह दूँ कि वे जब प्यास से दम तोड़ रहे
तू किसी होठ पै तब भय सी छलकती होगी,

उनके कपड़ों पै है जब गर्द कई सालों की
तेरी चोली तब लवेन्डर से महकती होगी!

(5)

जानता था कि तू औरत है नहीं सिर्फ़ फ़रेब,
प्यार के नाम से जिस्मों का खेल करती है,
हारती-जीतती है रोज़ दिल सिक्कों की तरह
हर तेरी रात नई बाँह में गुज़रती है!

(6)

प्यार क्या जाने तू उस शहर का अफ़साना है,
लूप के फ़र्ज मशीनों पै जहाँ छपते हैं,
और खुले आम जहाँ पान की दुकानों पर
माँ नहीं बनने के सामान सभी बिकते हैं।

(7)

हर लिपिस्टिक व महकती हुई हर ज़ुल्फ़ यहाँ!
होठ तो खूब मिलाती, न दिल मिलाती है।
प्यार लेकर के जागती है अगर कोई नज़र
खुदकुशी करके ही वह रात में सो पाती है।

(8)

रेल-बस पर ही नहीं, क्यू है यहाँ दिल पर भी
ज़ख्म की छाँव में हर एक साँस लेटी हैं,
और मत पूछो कि हर फ्लैट में, हर बंगले में
तितलियाँ तो हैं, कोई माँ न बहिन-बेटी है।

(9)

रास्ते पर तू पड़ी एक थी गन्दी सी किताब,
मैंने गीता की तरह तुझको लिया हाथों में
और फिर श्लोक सा होठों पै बसाया तुझको
धूप में, छाँव में, जज़बात में नग़मातों में

(10)

पर मेरी जान! गई तू तो इस तरह से गई
फ़िल्म की जैसे कोई सस्ती सी क़व्वाली हो,
या कि फुटपाथ की आवारा कोई लड़की हो
हर मुसाफ़िर के लिये जिसका मकाँ ख़ाली हो!

(11)

तू ही क्या हर किसी औरत की यही है तक़दीर
वह जो उट्ठे तो सितारों पै पहुँच जाती है,
और गिरती है तो जाती है फिर इतना नीचे
गन्दी नाली भी उसे देखके शरमाती है।

(12)

प्यार तुझसे था कभी इससे यही कहता हूँ
तू है औरत तो फिर औरत की शराफ़त बन जा,
और मुमकिन यह नहीं है तो हमेशा के लिये
गोरे ज़िस्मों की कोई काली तिजारत बन जा।

जगत् सत्यं ब्रह्म मिथ्या

क्या कहा?–"सत्य बस ब्रह्म और सब मिथ्या है,
यह सृष्टि चराचर केवल छाया है, भ्रम है,
है सपने-सा निस्सार सकल मानव-जीवन,
यह नाम, रूप-सौन्दर्य अविद्या है, तम है?"

मैं कैसे कह दूँ धूल मगर इस धरती को
जब अब तक रोज़ मुझे यह गोद खिलाती है,
मैं कैसे कह दूँ मिथ्या है सम्पूर्ण सृष्टि
हर एक कली जब मुझे देख शरमाती है!

जीवन को केवल सपना मैं कैसे समझूँ
जब नित्य सुबह आ सूरज मुझे जगाता है,
कैसे मानूँ निर्माण हमारा व्यर्थ विफल
जब रोज़ हिमालय ऊँचा होता जाता है।

यह ज्ञान तुम्हीं सोचो समझो परखो जानो
मुझको तो इस मिट्टी का कण-कण प्यारा है,
है प्यार मुझे जग से, जीवन के क्षण-क्षण से
तृण-तृण पर मैंने अपना नेह उतारा है!

मुसकाता है जब चाँद निशा की बाँहों में
सच मानो तब मुझ पर खुमार छा जाता है,

बाँसुरी बजाता है कोयल की जब सावन
कोई साँवरिया मुझे याद आ जाता है!

निज धानी चूनर उड़ा-उड़ा कर नई फ़सल
जब दूर खेत से मुझको पास बुलाती है,
तब मेरे तन का रोम-रोम गा उठता है
औ' साँस-साँस मेरी कविता बन जाती है!

तितली के पख लगा जब उड़ता है वसन्त
तरु-तरु पर बिखराता कुंकुम परिमल पराग
तब मुझे जान पड़ता कि धूल की दुलहन का
'अक्षर' से ज़्यादा अक्षर है सारा सुहाग।

बुलबुल के मस्त तराने की स्वर-धारा में
जब मेरे मन का सूनापन खो जाता है,
संगीत दिखाई देता है साकार मुझे
तब तानसेन मेरा जीवित हो आता है।

जब किसी गगनचुम्बी गिरि की चोटी पर चढ़
थक कर फिर-फिर आती है मेरी विफल दृष्टि,
तब वायु कान में चुपके से कह जाती है,
"रे किसी कल्पना से है छोटी नहीं सृष्टि।"

कलकल ध्वनि करती पास गुज़रती जब नदिया
है स्वयं छनक उठती तब प्राणों की पायल,
फैलाता है जब सागर मिलनातुर बाँहें
तब लगता सच एकान्त नहीं, सच है हलचल।

अँधियारी निशि में बैठ किसी तरु के ऊपर
जब करता है पपिहा अपने 'पी' का प्रकाश
तब सच मानो मालूम यही होता मुझको
गा रहे विरह का गीत हमारे सूरदास!

जब भाँति-भाँति के पंख-पखेरू बड़े सुबह
निज गायन से करते मुखरित उपवन-कानन
सम्मुख बैठे तब दिखलाई देते मुझको
तुलसी गाते निज विनय-पत्रिका रामायण।

पतझर एक ही झोंक-झकोरे में आकर
जब नष्ट भ्रष्ट कर देता बगिया का सिंगार
तब तिनका मुझ से कहता है बस इसी तरह
प्राचीन बनेगा नव-संस्कृति के लिए द्वार।

जब बैठ किसी झुरमुट में दो भोले भोले–
प्रेमी खोलते हृदय निज लेकर प्रेम नाम
तब लता-जाल से मुझे निकलते दिखलाई–
देते हैं अपने राम-जानकी पूर्णकाम।

अपनी तुतली आँखों से चंचल शिशु कोई
जब पढ़ लेता है मेरी आत्मा के अक्षर
तब मुझको लगता स्वर्ग यहीं है आसपास
सौ बार मुक्ति से बढ़कर है बन्धन नश्वर!

मिल जाता है जब कभी लगा सम्मुख पथ पर
भूखे-भिखमंगों नंगों का सूना बज़ार,

जब मुझे जान पड़ता कि तुम्हारा ब्रह्म स्वयं
है खोज रहा धरती पर मिट्टी का मज़ार।

यह सब असत्य है तो फिर बोलो सच क्या है–
वह ब्रह्म कि जिसको कभी नहीं तुमने जाना?
जो काम न आया कभी तुम्हारे जीवन में
जो बुन न सका यह साँसों का ताना-बाना।

भाई! यह दर्शन सन्त महन्तों का है बस
तुम दुनिया वाले हो, दुनिया से प्यार करो,
जो सत्य तुम्हारे सम्मुख भूखा नंगा है
उसके गाओ तुम बीत उसे स्वीकार करो।

यह बात कही जिसने उसको मालूम न था
वह समय आ रहा है कि मरेगा जब ईश्वर
होगी मन्दिर में मूर्ति प्रतिष्ठित मानव की
औ' ज्ञान ब्रह्म को नहीं, मनुज को देगा स्वर।

अँधियार ढलकर ही रहेगा!

आँधियाँ चाहे उठाओ,
बिजलियाँ चाहे गिराओ,
जल गया है दीप तो अँधियार ढलकर ही रहेगा।

रोशनी पूँजी नहीं है, जो तिजोरी में समाये,
वह खिलौना भी न, जिसका दाम हर गाहक लगाये,
वह पसीने की हँसी है, वह शहीदों की उमर है,
जो नया सूरज उगाये जब तड़पकर तिलमिलाये,
उग रही लौ को न टोको,
ज्योति के रथ को न रोको,
यह सुबह का दूत हर तम को निगलकर ही रहेगा।
जल गया है दीप तो अँधियार ढलकर ही रहेगा।

दीप कैसा हो, कहीं हो, सूर्य का अवतार है वह,
धूप में कुछ भी न, तम में किन्तु पहरेदार है वह,
दूर से तो एक ही बस फूँक का वह है तमाशा,
देह से छू जाय तो फिर विप्लवी अंगार है वह,
व्यर्थ है दीवार गढ़ना,
लाख-लाख किवाड़ जड़ना,
मृत्तिका के हाथ में अमरित मचलकर ही रहेगा।
जल गया है दीप तो अँधियार ढलकर ही रहेगा।

है जवानी तो हवा हर एक घूँघट खोलती है,
टोक दो तो आँधियों की बोलियों में बोलती है,
वह नहीं कानून जाने, वह नहीं प्रतिबन्ध माने,
वह पहाड़ों पर बदलियों-सी उछलती-डोलती है,
जाल चाँदी का लपेटो,
ख़ून का सौदा समेटो,
आदमी हर क़ैद से बाहर निकलकर ही रहेगा।
जल गया है दीप तो अँधियार ढलकर ही रहेगा।

वक्त को जिसने नहीं समझा उसे मिटना पड़ा है,
बच गया तलवार से तो फूल से कटना पड़ा है,
क्यों न कितनी ही बड़ी हो, क्यों न कितनी ही कठिन हो,
हर नदी की राह से चट्टान को हटना पड़ा है,
उस सुबह से सन्धि कर लो,
हर किरन की माँग भर लो,
है जगा इन्सान तो मौसम बदलकर ही रहेगा।
जल गया है दीप तो अँधियार ढलकर ही रहेगा।

इसको भी अपनाता चल

इसको भी अपनाता चल
उसको भी अपनाता चल
राही हैं सब एक राह के, सब पर प्यार लुटाता चल!

बिना प्यार के चले न कोई आँधी हो या पानी हो
नई उमर की चुनरी हो या कमरी फटी पुरानी हो
तपे प्रेम के लिए धरित्री, जले प्रेम के लिए दिया
कौन हृदय है नहीं प्रेम की जिसने की दरबानी हो
तट-तट रास रचाता चल
पनघट-पनघट गाता चल।
प्यासी है हर गागर दृग की गंगाजल ढलकाता चल!

कोई नहीं पराया, सारी धरती एक बसेरा है
इसकी सीमा पश्चिम में तो मन का पूरब डेरा है
श्वेत बरन या श्याम बरन हो सुन्दर या कि असुन्दर हो
सभी मछलियाँ एक ताल की, क्या मेरा क्या तेरा है
गलियाँ-गाँव गुँजाता चल
पथ-पथ फूल बिछाता चल
हर दरवाज़ा राम-दुआरा सबको शीश झुकाता चल!

व्यक्ति-व्यक्ति के बीच खाइयाँ लहू बिछा मैदानों में
घूम रहा है युद्ध सड़क पर शांति छिपी शमशानों में

जंजीरें कट गईं मगर आज़ाद नहीं इन्सान हुआ
दुनिया-भर की ख़ुशी क़ैद है चाँदी-जड़े मकानों में
सोई किरन जगाता चल
रूठे गीत मनाता चल
चाँद नक़ाबों में न बन्द हो, हरघूँघट खिसकाता चल!

नयन-नयन तरसें सपनों को आँचल तरसें फूलों को
आँगन तरसें त्योहारों को, गलियाँ तरसें झूलों को
किसी होंठ पर बजे न बंसी, किसी हाथ में बीन नहीं
उम्र समुंदर की दे डाली, किसने चंद बबूलों को
बिछड़े तार मिलाता चल
समतल धरा बनाता चल
इकरँग बने दुरंगी दुनिया, ऐसा रंग उड़ाता चल!

बिकी-बिकी सब ओर मची है आने औ' दो आनों पर
अस्मत बिके गलीचों पर तो प्यार बिके दूकानों पर
डगर-डगर पर मंदिर-मस्जिद कदम-कदम पर गुरुद्वारे
भगवानों की बस्ती में है ज़ुल्म बहुत इन्सानों पर
हर खिड़की खुलवाता चल
हर साँकल कटवाता चल
कोई जले चिराग नहीं तो दिल का दिया जलाता चल!

इधर कफ़न तक नहीं लाश पर, उधर नुमायश रेशम की
यहाँ स्वयंवर करे चाँदनी, वहाँ न रात कटे ग़म की
धरती कंकड़-पत्थर मारे, अम्बर बरसे अंगारे
कोई पूछे बात न इस बगिया में दुखिया शबनम की

सुख की उमर बढ़ाता चल
दुख की आयु घटाता चल
मिले जहाँ भी महल उसे कुटियों के पास बुलाता चल!

रंग-बिरंगी दुनिया तो यह रेशम वाली साड़ी है!
जनम कि जिसका पल्लू-गोटा मरण कि छोर किनारी है
कोई पहने इसे प्यार से, कोई ओढ़े पछताकर
चमक न इसकी घटी, गई गो लाखों बार उतारी है
साड़ी यह धुलवाता चल
पल-पल नई बनाता चल
फिर भी रँग इस पर न चढ़े तो अपना रक्त चढ़ाता चल!

धरती स्वर्ग समान है

जाति-पाँति से बड़ा धर्म है
धर्म-ध्यान से बड़ा कर्म है
कर्म-काण्ड से बड़ा मर्म है
मगर सभी से बड़ा यहाँ यह छोटा-सा इनसान है,
और अगर वह प्यार करे तो धरती स्वर्ग समान है।

जितनी देखी दुनिया सबकी देखी दुलहन ताले में,
कोई क़ैद पड़ा मस्जिद में, कोई बन्द शिवाले में,
किसको अपना हाथ थमा दूँ, किसको अपना मन दे दूँ?
कोई लूटे अँधियारे में, कोई ठगे उजाले में,
सबका अलग-अलग ठनगन है,
सबका अलग-अलग बन्दन है,
सबका अलग-अलग चन्दन है,
लेकिन सबके सिर के ऊपर नीला एक वितान है,
फिर जाने क्यों यह सारी धरती लहू-लुहान है?

हर बगिया पर तार कँटीले, हर घर घिरा किवाड़ों से,
हर खिड़की पर परदे, घायल आँगन हर दीवारों से,
किस दरवाज़े करूँ वन्दना, किस देहरी मत्था टेकूँ,
काशी में अँधियारा सोया, मथुरा पटी बज़ारों से

हर घुमाव पर छीन-झपट है,
इधर प्रेम, तो उधर कपट है,
झूठ किये सच का घूँघट है,
फिर भी मनुज-अश्रु की गंगा, अब तक पावन-प्राण है
और नहा ले उसमें तो फिर मानव ही भगवान है।

धरम-द्वार पर बाम्हन बैठा, बनिये की बाँदी मंडी,
डंडी मारे एक भुनाये दूजा किस्मत की हुंडी,
हरिजन का बखरी पर पहरा, ठाकुर का चौपालों पर
गली-गली आबाद, सिर्फ़ वीरान पिया की पगडंडी,
बँटी हुई है दुनिया सारी,
बँटी हुई है सेज अटारी,
बँटी हुई है म्यान-कटारी,
मगर अभी तक बँटी न दिल में धड़कन की जो तान है
उसपर बजे सितार अगर तो हर कोलाहल गान है।

यह तो कजराई का आशिक, उसको गरब गुराई पर,
यह मोहा मटमैलेपन पर, वह रीझा चटकाई पर,
उतने रंग कि चश्मे जितने, जितने दृग उतने शीश,
दुनिया की तसवीर टँगी है सुरमा और सलाई पर,
इधर अँधेरी, उधर अँधेरी,
आँख-आँख मोतिया गुहेरी,
'कुयला भई रतन की ढेरी,
फिर भी रंगों के मेले में, खोया सकल जहान है,
दिन-दिन जब कुछ और बड़ा हो जाता हर शमशान है।

बंगाली को बँगला प्यारी, तामिल चाहे मदरासी,
पंजाबी गुरुमुखी उचारे, हिन्दी दिल्ली की दासी,
इसकी शहज़ादी अँग्रेजी, उसकी पटरानी संस्कृत,
मगर प्रेम की भाषा अब तक हाय बनी है बनवासी,
जितने मुँह उतने अक्षर हैं,
जितने घर उतने बिस्तर हैं,
कुछ भीतर हैं, कुछ बाहर हैं,
सोई पर हर साँस जहाँ वह बिस्तर अभी अजान है,
उसका तकिया बने शब्द तो हर भाषा धनवान है।

पूरब जाये पुरी और पश्चिम दौड़े वृन्दावन को,
उत्तर बद्रीनाथ चले, रामेश्वर भाये दक्खिंन को,
इसको प्यारी लगे अजानें, उसकी कीर्तन पर श्रद्धा,
पर न यहाँ कोई जो पूजे, मानव औ' मानवपन को।
एक पेड़, पक्षी हज़ार हैं,
एक चाक, लाखों कुम्हार हैं,
एक अश्व, पर सौ सवार हैं,
पर न किसी को ज्ञात कि सबके ही पीछे तूफ़ान है,
ढली हुई रक़ाब ख़त्म तो फिर सब खींचा-तान है।

चारों ओर लगा है मेला, चल-चलाव है हर पथ पर,
इसके हाथ बँधे कंगन में, उसकी लाज झुकी नथ पर,
पनघट इधर बुलाता है, तो मरघट उधर पुकार रहा,
बड़ी आदमी की मुश्किल है, इस अनजाने तीरथ पर,

दिशि-दिशि है काँटों का घेरा,
उस पर यह आँधी का फेरा,
उस पर जर्जर तम्बू-डे रा,
फिर भी मुझको प्रियजग का, हर उदय और अवसान है,
क्योंकि सभी स्वर्गों से सुन्दर यह काग़जी मकान है,

मेरा गीत दिया बन जाए

अँधियारा जिससे शरमाए,
उजियारा जिसको ललचाए,
ऐसा दे दो दर्द मुझे तुम
मेरा गीत दिया बन जाए!

इतने छलको अश्रु थके हर
राहगीर के चरण धो सकूँ,
इतना निर्धन करो कि हर
दरवाज़े पर सर्वस्व खो सकूँ

ऐसी पीर भरो प्राणों में
नींद न आये जनम-जनम तक,
इतनी सुध-बुध हरो कि
साँवरिया खुद बाँसुरिया बन जाए।

ऐसा दे दो दर्द मुझे तुम
मेरा गीत दिया बन जाए!!

घटे न जब अँधियार, करे
तब जलकर मेरी चिता उजेला,
पहला शव मेरा हो जब
निकले मिटने वालों का मेला

पहले मेरा कफ़न पताका
बन फहरे जब क्रान्ति पुकारे,
पहले मेरा प्यार उठे जब
असमय मृत्यु प्रिया बन जाए!

ऐसा दे दो दर्द मुझे तुम
मेरा गीत दिया बन जाए!!

मुरझा पाए फसल न कोई
ऐसी खाद बने इस तन की,
किसी न घर दीपक बुझ पाए
ऐसी जलन जले इस मन की

भूखी सोये रात न कोई
प्यासी जागे सुबह न कोई,
स्वर बरसे, सावन आ जाए
रक्त गिरे, गेहूँ उग आए!

ऐसा दे दो दर्द मुझे तुम
मेरा गीत दिया बन जाए!!

बहे पसीना जहाँ, वहाँ
हरयाने लगे नई हरियाली,
गीत जहाँ गा आय, वहाँ
छा जाये सूरज की उजियाली

हँस दे मेरा प्यार जहाँ
मुसका दे मेरी मानव-ममता
चन्दन हर मिट्टी हो जाए
नन्दन हर बगिया बन जाए।

ऐसा दे दो दर्द मुझे तुम
मेरा गीत दिया बन जाए!!

उनकी लाठी बने लेखनी
जो डगमगा रहे राहों पर,
हृदय बने उनका सिंहासन
देश उठाए जो बाँहों पर

श्रम के चरण चूम आई
वह धूल करे मस्तक पर टीका,
काव्य बने वह कर्म, कल्पना–
से जो पूर्व क्रिया बन जाए!

ऐसा दे दो दर्द मुझे तुम
मेरा गीत दिया बन जाए!!

मुझे शाप लग जाय, न दौड़ूं
जो असहाय पुकारों पर मैं,
आँखें ही बुझ जायँ, बेबसी
देखूँ अगर बहारों पर मैं

टूटे मेरे हाथ न यदि यह
उठा सकें गिरने वाले को
मेरा गाना पाप अगर
मेरे होते मानव मर जाए!

तुम दीवाली बनकर जग का...

तुम दीवाली बनकर जग का तम दूर करो,
मैं होली बनकर बिछुड़े हृदय मिलाऊँगा!

सूनी है माँग निशा की चन्दा उगा नहीं
हर द्वार पड़ा खामोश सबेरा रूठ गया,
है गगन विकल, आ गया सितारों का पतझर
तम ऐसा है कि उजाले का दिल टूट गया,
तुम जाओ घर-घर दीपक बनकर मुसकाओ
मैं भाल-भाल पर कुंकुम बन लग जाऊँगा!

तुम दीवाली बनकर जग का तम दूर करो,
मैं होली बनकर बिछुड़े हृदय मिलाऊँगा!

कर रहा नृत्य विध्वंस, सृजन के थके चरण,
संस्कृति की इति हो रही, क्रुद्ध हैं दुर्वासा,
बिक रही द्रौपदी नग्न खड़ी चौराहे पर,
पढ़ रहा किन्तु साहित्य सितारों की भाषा,
तुम गाकर दीपक-राग जगा दो मुर्दों को
मैं जीवित को जीने का अर्थ बताऊँगा!

तुम दीवाली बनकर जग का तम दूर करो,
मैं होली बनकर बिछुड़े हृदय मिलाऊँगा!

इस कदर बढ़ रही है बेबसी बहारों की
फूलों को मुसकाना तक मना हो गया है,
इस तरह हो रही है पशुता की पशु-क्रीड़ा
लगता है दुनिया से इन्सान खो गया है,
तुम जाओ भटकों को रास्ता बता आओ
मैं इतिहासों को नये सफे दे जाऊँगा!

तुम दीवाली बनकर जग का तम दूर करो,
मैं होली बनकर बिछुड़े हृदय मिलाऊँगा!

मैं देख रहा नन्दन-सी चन्दन-बगिया में
रक्त के बीज फिर बोने की तैयारी है,
मैं देख रहा परिमल-पराग की छाया में
उड़कर आ बैठी फिर कोई चिनगारी है,
पीने को यह सब आग बनो यदि तुम सावन
मैं तलवारों से मेघ-मल्हार गवाऊँगा!

तुम दीवाली बनकर जग का तम दूर करो,
मैं होली बनकर बिछुड़े हृदय मिलाऊँगा!

जब खेल रही है सारी धरती लहरों से
तब कब तक अपना तट पर रहना सम्भव है!
संसार जल रहा है जब दुख की ज्वाला में
तब कैसे अपने सुख को सहना सम्भव है!

मिटते मानव औ' मानवता की रक्षा में
प्रिय! तुम भी मिट जाना, मैं भी मिट जाऊँगा!

तुम दीवाली बनकर जग का तम दूर करो,
मैं होली बनकर बिछुड़े हृदय मिलाऊँगा!

दुनिया के घावों पर...

दुनिया के घावों पर मरहम जो न बनें
उन गीतों का शोर मचाना पाप है!

खड़े किनारे पर ही जो हँसते हुए
सुनते रहे पुकार डूबनेवालों की,
जिनकी वाणी बनकर कीर्ति नहीं गूँजी
तूफ़ानों के गाल चूमनेवालों की,
ऐसे बैरागी-संन्यासी रागों का
द्वार-द्वार पर अलख जगाना पाप है!

दुनिया के घावों पर मरहम जो न बनें
उन गीतों का शोर मचाना पाप है!!

पानी के ही ठण्डे-ठण्डे दर्पण में
रहे देखते जो जलते सूरज का तन
जिनके सर पर सेहरा बनकर नहीं सजा
सिया हुआ काँटों से लहु-लुहान कफ़न,
ऐसे सर्द गुलाबों की मुर्दा ऋतु में
बुलबुल तेरा आना-जाना पाप है!

दुनिया के घावों पर मरहम जो न बनें
उन गीतों का शोर मचाना पाप है!!

जिन्हें ज्ञात यह नहीं कि गीतों की सीता
अग्नि-परीक्षा देती है अंगारों में

है जिनको मालूम नहीं साहित्य सदा
फूल खिलाता है मुर्दा पतझारों में
स्याही के ऐसे शुभ-नाम कलंकों का
गंगा-तट पर कुम्भ नहाना पाप है!

दुनिया के घावों पर मरहम जो न बनें
उन गीतों का शोर मचाना पाप है!!

आया है तूफ़ान भयानक जब घर में
बैठे सजा रहे जो रूप-चित्रसारी,
लहरों ने जब मौन निमंत्रण भेजा है
बाँध उन्हें बैठी तब एक कली क्वाँरी,
ऐसे मल्लाहों की किश्ती पर चढ़कर
मस्ती तेरा तट पर जाना पाप है!

दुनिया के घावों पर मरहम जो न बनें
उन गीतों का शोर मचाना पाप है!!

कृति कवि की होती है पर कृति के पीछे
गाती है अपनी बनकर जग की पीड़ा,
रहता है चन्द्रमा नील नभ के घर में
किन्तु चाँदनी करती है भू पर क्रीड़ा,
मठ में बैठी जिसे न मठ की चिन्ता हो
उस मूरत को शीश झुकाना पाप है!

दुनिया के घावों पर मरहम जो न बनें
उन गीतों का शोर मचाना पाप है!!

तिमिर ढलेगा

मेरे देश उदास न हो, फिर दीप जलेगा, तिमिर ढलेगा!

यह जो रात चुरा बैठी है चाँद-सितारों की तरुणाई,
बस तब तक कर ले मनमानी जब तक कोई किरन न आई,
खुलते ही पलकें फूलों की, बजते ही भ्रमरों की वंशी
छिन्न-भिन्न होगी यह स्याही जैसे तेज़ धार से काई,
तम के पाँव नहीं होते, वह चलता थाम ज्योति का अंचल
मेरे प्यार निराश न हो, फिर फूल खिलेगा, सूर्य मिलेगा!
मेरे देश उदास न हो, फिर दीप जलेगा, तिमिर ढलेगा!!

सिर्फ़ भूमिका है बहार की यह आँधी - पतझारों वाली,
किसी सुबह की ही मंजिल है रजनी बुझे सितारों वाली,
उजड़े घर ये सूने आँगन, रोते नयन, सिसकते सावन,
केवल हैं वे बीज कि जिनसे उगनी है गेहूँ की बाली,
मूक शान्ति खुद एक क्रान्ति है, मूक दृष्टि खुद एक सृष्टि है
मेरे सृजन हताश न हो, फिर दनुज थकेगा, मनुज चलेगा!
मेरे देश उदास न हो, फिर दीप जलेगा, तिमिर ढलेगा!!

व्यर्थ नहीं यह मिट्टी का तप, व्यर्थ नहीं बलिदान हमारा,
व्यर्थ नहीं ये गीले आँचल, व्यर्थ नहीं यह आँसू-धारा,
है मेरा विश्वास अटल, तुम डाँड़ हटा दो, पाल गिरा दो,
बीच समुन्दर एक दिवस मिलने आएगा स्वयं किनारा,

मन की गति पग-गति बन जाए तो फिर मंजिल कौन कठिन है?
मेरे लक्ष्य निराश न हो, फिर जग बदलेगा, मग बदलेगा!
मेरे देश उदास न हो, फिर दीप जलेगा, तिमिर ढलेगा!!

जीवन क्या?–तम-भरे नगर में किसी रोशनी की पुकार है,
ध्वनि जिसकी इस पार और प्रतिध्वनि जिसकी दूसरे पार है,
सौ-सौ बार मरण ने सींकर होंठ इसे चाहा चुप करना
पर देखा हर बार बजाती यह बैठी कोई सितार है,
स्वर मिटता है नहीं, सिर्फ़ उसकी आवाज़ बदल जाती है।
मेरे गीत उदास न हो, हर तार बजेगा, कंठ खुलेगा!
मेरे देश उदास न हो, फिर दीप जलेगा, तिमिर ढलेगा!!

धरा को उठाओ, गगन को झुकाओ

दिये से मिटेगा न मन का अँधेरा
धरा को उठाओ, गगन को झुकाओ!

बहुत बार आई-गई यह दिवाली
मगर तम जहाँ था वहीं पर खड़ा है,
बहुत बार लौ जल-बुझी पर अभी तक
कफ़न रात का हर चमन पर पड़ा है,

न फिर सूर्य रूठे, न फिर स्वप्न टूटे
उषा को जगाओ, निशा को सुलाओ!
दिये से मिटेगा न मन का अँधेरा
धरा को उठाओ, गगन को झुकाओ!!

सृजन-शान्ति के वास्ते है ज़रूरी
कि हर द्वार पर रोशनी गीत गाए
तभी मुक्ति का यज्ञ यह पूर्ण होगा,
कि जब प्यार तलवार से जीत जाए,

घृणा बढ़ रही है, अमा चढ़ रही है
मनुज को जिलाओ, दनुज को मिटाओ!
दिये से मिटेगा न मन का अँधेरा
धरा को उठाओ, गगन को झुकाओ!!

बड़े वेगमय पंख हैं रोशनी के
न वह बन्द रहती किसी के भवन में,

किया क़ैद जिसने उसे शक्ति-छल से
स्वयं उड़ गया वह धुआँ बन पवन में,

न मेरा-तुम्हारा, सभी का प्रहर यह
इसे भी बुलाओ, उसे भी बुलाओ!
दिये से मिटेगा न मन का अँधेरा
धरा को उठाओ, गगन को झुकाओ!!

मगर चाहते तुम कि सारा उजाला
रहे दास बनकर सदा को तुम्हारा,
नहीं जानते फूस के गेह में पर
बुलाता सुबह किस तरह से अँगारा,

न फिर अग्नि कोई रचे रास इससे
सभी रो रहे आँसुओं को हँसाओ!
दिये से मिटेगा न मन का अँधेरा
धरा को उठाओ, गगन को झुकाओ!!

फूल, बाग़ और गुलदस्ता

एक दिन बाग़ में जब लौट के आई थी बहार
हर कली फूल के रुख पर निखार आया था,
अँधेरे घर में कि उतरी थी सितारों की परी
या किसी घाव पै मरहम को प्यार आया था।

फूल सौ रंग के, सौ क़िस्म की खुशबू उड़कर
आँसुओं तक को बदल देती थी मुस्कानों में,
रातरानी की जब छिड़ती थी चाँदनी में ग़ज़ल
रेशमी स्वप्न महक उठते थे वीरानों में।

बाग़ था या कि किसी झील में धीरे-धीरे
स्वर्ण हंसों का कोई तैर रहा जोड़ा हो,
या किसी शोख नवोढ़ा ने कुसुम्भी आँचल
पहले केसर में भिगोया हो फिर निचोड़ा हो,

केतकी, चम्पा, चमेली, गुलाब औ' गेंदा
साथ रहते थे सभी साथ मुसकराते थे,
प्यार के गीत जो गाते थे के सब मिल-जुलकर
दूसरे बाग़ उन्हें चाव से दुहराते थे,

इतना अपनाव था उन गन्ध के शहज़ादों में
कुन्द कुम्हलाता तो पाटल उदास होता था,
केतकी की जो कहीं आँख ज़रा नम होती
रातों उपवन में हरसिंगार नहीं सोता था।

एक का दर्द था हर एक पड़ोसी का दर्द
और गुलशन की खुशी थी हरेक गुंचे की खुशी,
ऐसे नाज़ुक से किसी तार में वे सब थे गुँथे
बिजलियाँ तक न चुरा पाईं वह हमजोल हँसी।

एक दिन एक हवा आई मगर पच्छिम की
जाने क्या कह गई हर डाल से चुपके-चुपके,
बिन किसी बात झगड़ने लगे सब पात-कुसुम,
क्यारी-क्यारी में जहालत के अँगारे धधके,

लड़ उठा फूल से हर फूल औ' हर शाख़ से शाख़
कोंपलों तक से अदावत की गंध आने लगी,
ऐसे दिन-रात निकाले गए नफ़रत के जुलूस,
प्यार की लाश कफ़न तक को छटपटाने लगी।

पद्म कहता था कि दक्खिन का हूँ मैं रूपकँवल
मेरी उत्तर के गुलाबों से न बन पाएगी
और गर साथ हमें गूँथा गया माला में
सारी बगिया की हँसी धूल में मिल जाएगी,

तिरछी कर आँख तभी बोल उठी जूही भी
मेरी चितवन में है बंगाल का जादू-टोना,
मुझको बेला यह बिहारी न तनिक भाता है
दूर रखना इसे ढल जाय न मेरा सोना।

कलगी कर ठीक तभी डाँट के गेंदे ने कहा
कम किसी से नहीं पंजाब का बेटा हूँ मैं
चंपा यूपी का अरे सिर्फ है टेसू का फूल
गुलमुहर की ही नरम छाँव में लेटा हूँ मैं

फिर तो जो मालती महाराष्ट्र की अब तक चुप थी
गंधवेणी की गिरह खोलती-सी यूँ बोली
पास आए न मेरे केतकी गुजरात की यह
वरना दीवाली यह बन जाएगी पल में होली।

ग़र्ज़ है यह कि वे सब फूल जो इस गुलशन के
सालहा-साल से रहते थे सगे भाई-से
आज इस बात पै लड़ते थे कि ख़ुशबू उनकी
है अगल ऐसे अलग गीत ज्यों रुबाई से

उड़ते-उड़ते यह ख़बर पहुँच गई माली तक
हर किसी डाल से चुन-चुनके हर इक रंग के फूल
उसने तैयार किया एक बड़ा गुलदस्ता
सतबरन चीर कि ज्यों पहन के आई हो धूल

अब न बेला ही रहा बेला, न चंपा चंपा
एक की पंखुरी दूजे से सटी थी ऐसी
दायें हो देखो तो लगती थी जुही सिर्फ जुही
बायें हो देखो तो दिखती थी चमेली जैसी

भिन्न थे रंग मगर आज सभी मिलकर वे
और ही एक नये रंग को जनम देते थे
या कि फिर से न बिछुड़ने को कभी जीवन में
हाथ में हाथ लिए दोस्त क़सम लेते थे।

हम भी गुलदान के यदि एक कुसुम बन जाएँ
गंध इस प्रान्त की उस प्रान्त को सह सकती है
हम भी रह सकते हैं यह देश भी रह सकता है
भिन्नता में भी सदा एकता रह सकती है।

राजमार्ग के पद-यात्री से

देखकर चलो!
ऐ भाई! ज़रा देखकर चलो!

आगे ही नहीं,
पीछे भी,
दायें ही नहीं,
बायें भी,
ऊपर ही नहीं,
नीचे भी–
देखकर चलो!
ऐ भाई! ज़रा देखकर चलो!

तुम जहाँ चल रहे हो,
वह तुम्हारा घर या सराय नहीं,
वह तुम्हारे गाँव की
गैल या बीथी नहीं
वह तुम्हारे गंदे मुहल्ले की
गली या सड़क नहीं,
बड़े-से शहर का एक राजमार्ग है
और यहाँ कारों में
छोटी-बड़ी कारों में,
काले बाज़ार का,

तस्कर व्यापार का–,
सोना चला करता है,
या फिर बदशक्ल बड़े ठेलों में
गाँजा, अफ़ीम, चर्स
जाने कैसा-कैसा माल ढोया जाता है,
या फिर आवारा बुश-शर्टों में,
महकते इत्रों में,
नाइलोनी साड़ी में,
ऊँची हील पर,
लचकती-थिरकती स्कर्ट में
बेशर्म ब्लाउज़ों के अधनंगे फ़ैशन में,
अंग्रेजी शराब का नशा,
रूप का गर्व,
और पैसे का दर्प चला करता है

देखकर चलो!
ऐ भाई! ज़रा देखकर चलो!

चौक का सिपाही जो
रास्ता बताने के वास्ते नियुक्त है,
उसका है काम उन्हें रास्ता बताना नहीं,
उनकी सलामी औ'
रक्षा के वास्ते खड़ा है वह
जो कि मिनिस्टर हैं,
या जो कि कामचोर

घूसख़ोर–
अफ़सर या नेता फटीचर हैं।
और जो फ़र्ज है तुम्हारे प्रति उसका
वह इतना है कि–
जब भी वह चाहे तुम्हें डाँटे या गाली दे,
पीटे-पामाल करे
चालान करके तुम्हें जेल से जोड़ दे,
या फिर दो-चार टके ले करके
बिना कुछ कहे तुम्हें बेदाग़ छोड़ दे,
देखकर चलो!
ऐ भाई! ज़रा देखकर चलो!

तुम स्वतंत्र देश के नागरिक हो
गांधी के बेटे हो,
प्रजातंत्री शासन के पुरजे हो
और टैक्स तुमसे ही ले करके
तुम्हारी ही मेहनत से,
तुम्हारे ही भाइयों ने
पथ यह बनाया है,
फिर भी हक़दार नहीं,
तुम हो यहाँ चलने के,
क्योंकि तुम ग़रीब हो,
जेब में सिक्के न होने की वजह से,
पाँव में जूता न होने के कारण से,

तुम बिलकुल अपढ़ हो,
जाहिल हो,
मूर्ख-बदतमीज़ हो,
भले ही याद तुम्हें पूरा हो शेक्सपियर
भले ही कंठ में तुम्हारे बसी गीता हो,
भले ही तुम्हारी आत्मा गंगा-सी निर्मल
पुनीता हो,
और तुम्हारी पत्नी
जैसे कि ज़ुलेखा या सीता हो।
इसीलिए कहता हूँ
देखकर चलो
ऐ भाई! ज़रा देखकर चलो!

यह सड़क नहीं,
तुम्हारे लिए वह है फुटपाथ,
जली हुई बीड़ियों के टुकड़े,
कूड़े के ढेर,
सड़े हुए केले,
अंडे और प्याज़ के छिलके
जहाँ पड़े हैं अपने-आप!
उसी फुटपाथ के तुम हो अधिकारी बस
क्योंकि तुमने चोरी को छोड़कर
मेहनत स्वीकारी है
इन्सानी प्यार की गलियों में

ज़िन्दगी गुज़ारी है,
हलों की नोक से
कुदाली की चोट से,
चट्टानें तोड़कर–धरती सँवारी है,

इसीलिए कहता हूँ
देखकर चलो
ऐ भाई! ज़रा देखकर चलो!

हैं! यह क्या करते हो,
सड़क पार करने की नादानी करते हो,
भूल जाते हो कि
यह राज-पथ है,
इसपर जो ट्रैफ़िक है
बेबा के आँसुओं-सा बन्द नहीं होता है,
ज़रा-सी ग़फ़लत में,
कुचलकर
आदमी क़ब्र में सोता है।

मर गए, कुचल गए
कहीं जो तुग
कोई नहीं रुककर जो
आँसू दो तुम पर बहाये यहाँ
कोई नहीं घाव पर तुम्हारे जो
मरहम लगाये यहाँ,
और तो और,

कोई नहीं मौत की तुम्हारे जो
घर तक ख़बर भी पहुँचाये यहाँ।
यह तक न पूछेगा कोई
कैसा हुआ है यह एक्सीडेण्ड?
बोलता क्यों नहीं है सार्जेण्ट?
दयावश कोई यदि पूछेगा यह सब तो
सार्जेण्ट उसे ख़ुद बताएगा
कल्प्रिट परमानेण्ट!
इसीलिए कहता हूँ देखकर चलो!
ऐ भाई! ज़रा देखकर चलो!

ग़म नहीं कुछ भी तुम्हारे मरने का मुझे
क्योंकि तुम ग़रीब हो,
और जो ग़रीब है–
वह तो यहाँ जन्म लेते ही मर जाता है!
मुझे तो चिन्ता है–
तुम्हारे उन बच्चों की
तुम्हारी उस पत्नी की
तुम्हारे उन बूढ़े माँ-बाप की
जो घर पर बैठे हुए
यह सोच रहे हैं कि तुम
आओगे तो लाओगे
उनके लिए थोड़ी-सी धूप
थोड़ी-सी चाँदनी,

थोड़ी-सी हँसी,
थोड़ी-सी ख़ुशी,
एक फिरकिनी,
एक ग़ुब्बारा,
सेर-भर आटा,
पाव-भर दाल,
दो आने सेर के सस्ते-से आम
खाँसी से मरती हुई मुनिया के लिए
दो पैसे की पुड़िया में जीने का पैग़ाम।
मर गए कहीं जो तुम
सोचो ज़रा
क्या होगा–
उन अबोध सपनों का,
देहरी पर तुम्हारी प्रतीक्षा में सोए हुए
उन तुतले बचनों का।
इसीलिए रुको–
रास्ता पार न करो–
और देखकर चलो!
ना-ना आँख में पानी मत भरो,
ऐसी नादानी मत करो–
निराश न हो, गरदन मत झुकाओ,
इन्सान हो तुम उठो
सूरज से आँखें मिलाओ!
वक्त वह जल्दी ही आएगा,

जब यह राज-पथ,
जन-पथ में बदल जाएगा।
और तब यहाँ
सोना और चाँदी नहीं,
लोहा-फ़ौलाद नहीं,
अफ़ीम-गाँजा नहीं–
टिकुलियाँ,
सिन्दूर-बिन्दियाँ,
राखियाँ
पालकियाँ-पिचकारियाँ
और गेहूँ-ज्वार-बाजरा,
चावल और कपास से भरी,
गाड़ियाँ, हाँ–
बैलगाड़ियाँ दौड़ेंगी
और सिनेमा की बदचलन
ट्यूनों और
गुस्ताख़ सीटियों के बजाय,
फ़िज़ाओं में सुबह के गुलाब महमहाएँगे–
शेनी और बीजानन्द,
हीर और राँझा,
सूर और तुलसी,
मीर और ग़ालिब के–
प्यार-भरे गीत गुनगुनाएँगे।
तब तुम इस सड़क को पार करना,

उछलना-कूदना,
रूठना-मनाना,
हँसना-मुस्कराना,
चाहे तो बिस्तर बिछाकर सो जाना।
आज लेकिन–
देखकर चलो
हाँ भाई! ज़रा देखकर चलो!

चाँदनी में घोला जाए...

चाँदनी में घोला जाये फूलों का शबाब,
उसमें फिर मिलाई जाये थोड़ी-सी शराब,
होगा यूँ नशा जो तैयार–वह प्यार है,
वह प्यार है,
वह प्यार है।

आधी रात जुहू पर उतर
कर रहा हो चाँद जब मुक़ाम,
और वहीं टहल रहे हों फूल,
तितलियों की गोरी बाँहें थाम,
ऐसे वक़्त आता है जो ज्वार–
वह प्यार है,
वह प्यार है।

(2)

लेके हाथ दर्द की क़लम
आँसुओं में ख्वाब घोल घोल,
लिख रही हो पाती पी के नाम
जब कोई कली लटों को खोल,
तब जो छेड़ता है दिल के तार–
वह प्यार है,
वह प्यार है।

आईने का सामने बिठा,
अबरुओं की तेज करके धार,
अपने से ही करके आँखें चार,
अपने हुस्न पर हो खुद निसार,
मुस्कुराता है जो बार बार–वह प्यार है,
वह प्यार है।

लड़खड़ाते हों उमर के पाँव,
जब न कोई दे सफ़र में साथ,
बुझ गये हों राह के चिराग
और सब तरफ़ हो काली रात,
तब जो चुनता है डगर के ख़ार–वह प्यार है,
वह प्यार है।

जब हों चुप ज़मीनो-आसमान,
गुनगुनाती हो न कोई बीन,
सर किसी मज़ार पर टिका,
रो रही हो ज़िन्दगी हसीन,
तब जो बनके आता है करार–वह प्यार है,
वह प्यार है।

चाँदी का बाज़ार यह...

चाँदी का बाज़ार यह इसमें दिल की क़ीमत कोई नहीं
बचके निकल जा, इस बस्ती में करता मोहब्बत कोई नहीं।

खुशबू यहाँ मत ढूढ़ बावले,
फूल यह काग़ज के सारे,
किसका इलाज करेंगे ये जब,
खुद ही हैं सब ग़म के मारे,
लाश ये ढाँचे, मुरदा ये चेहरे, जिन्दा हक़ीकत कोई नहीं।
बचके निकल जा...

बीबी-बहिन, मां-बेटी न क़ोई
सबकी हक़ीकत पैसा है,
पूँछ न हमसे, मीठा ज़हर
ये पीकर जीना कैसा है,
सबका है तेरी जेब से रिश्ता, तेरी ज़रूरत कोई नहीं।
बचके निकल जा...

रेशमी क़समें, क़ीमती वायदे,
सब अल्फाज़ हैं बेमानी,
मौसम के संग बदले नज़रें
उतरे मुलम्मे का पानी,

प्यार यहाँ है यतीम का बचपन, जिसकी क़िस्मत कोई नहीं।
बचके निकल जा...

काले गुनाहों की गोरी यह मंडी,
करते तिजारत जिस्म यहाँ
नज़रें शराबी, होंठ गुलाबी,
ख़ाली मगर सब दिल के मकाँ,
सोने का मृग चाहे सीता, राम की इज़्ज़त कोई नहीं।
बचके निकल जा...

जब तेरी याद आई

ज़ुल्फ़ पर गीत लिखा, शेर नज़रों पै कहा
बन गई खुद ही ग़ज़ल–जब तेरी याद आई।

ख़ुशबू बन-बनके उड़ी
नींद रातों की मेरी,
जब हवा चूम गई
मेंहदी हाथों की तेरी
बरसे हर सिम्त केवल–जब तेरी याद आई।

एक जोगिन की तरह
साँस हर गाने लगी,
शक्ल नज़रों में कोई
आने और जाने लगी,
घर बना राजमहल–जब तेरी याद आई।

नाम जब तेरा लिया
जल उठे दिल में दिये,
पास जब पाया तुझे
काले दिन गोरे हुए,
गई दुनिया ही बदल–जब तेरी याद आई।

यौवन को दर्पन मत देता!

ओ हर सुबह जगाने वाले
ओ हर शाम सुलाने वाले!
इतना दुख रचना था जग में, तो फिर मुझे नयन मत देना!

जिस दरवाज़े गया, मिले
बैठे अभाव कुछ बने भिखारी,
पतझर के घर गिरवीथी, मन
जो भी मोह गई फुलवारी,
कोई था बदहाल धूप में,
कोई था गमग़ीन छाँव में,
महलों से कुटियों तक दुख की
थी हर सुख से रिश्तेदारी।
ओ हर खेल खिलाने वाले!
ओ हर रास रचाने वाले!
घुने खिलौने थे तेरे तो, गुड़ियों को बचपन मत देता!
ओ हर सुबह जगाने वाले!

गीले सब रूमाल, अश्रु की
पनिहारिन हर एक उमर थी,
शबनम की बूँदों तक पर
निर्दयी धूप की कड़ी नज़र थी,
निरवंशी थे स्वप्न, दर्द से

मुक्त न था कोई भी आँचल,
कुछ के चोट लगी बाहर थी,
कुछ के चोट लगी भीतर थी,
ओ बरसात बुलाने वाले!
ओ बादल बरसाने वाले!
आँसू इतने प्यारे थे तो, मौसम कोसावन मत देता!
ओ हर सुबह जगाने वाले!

भूख फली थी यूँ गलियों में
ज्यों फूले यौवन कनेर का,
बीच ज़िन्दगी और मौत के
सिर्फ़ फ़ासला था मुँडेर का,
मजबूरी इस क़दर, बहारों
में गाने वाली बुलबुल को
दो दानों के लिए, कीर्तन
करना पड़ता था कुबेर का,
ओ पालना झुलाने वाले!
ओ हर पलँग बिछाने वाले!
जाना इतना मुश्किल था, तो, सुख के लाख सपन मत देता!
ओ हर सुबह जगाने वाले!

यूँ चलती थी हाट कि बिकते
फूल, दाम पाते थे माली,
दीपों से ज़्यादा अमीर थी
उँगली दीप बुझाने वाली,
और यहीं तक नहीं, आड़

लेकर सोने के सिंहासन की
पूनम को बदचलन बताती
थी मावस की रजनी काली,
ओ हर बाग़ लगाने वाले!
ओ हर नीड़ बसाने वाले!
इतना था अन्याय यहाँ तो, मुझे विनम्र वचन मत देता!
ओ हर सुबह जगाने वाले!

क्या अजीब थी प्यास कि अपनी
उमर पी रहा था प्याला,
जीने की कोशिश में, मरता
जाता था हर जीने वाला,
कहने को सब थे सम्बन्धी
लेकिन थे आँधी के पत्ते,
जब तक हों परिचित आपस में
मुरझा जाती थी पर माला,
ओ हर चित्र बनाने वाले!
ओ हर रास रचाने वाले!
झूठी थीं तस्वीरें सब तो, यौवन को दर्पन मत देता!
ओ हर सुबह जगाने वाले!

आँधी उठाने का ज़माना आ गया है

बदतमीज़ी कर रहे हैं आज फिर भौंरे चमन में,
साथियो! आँधी उठाने का ज़माना आ गया है।

लग रहा है आँसुओं पर टैक्स, पीड़ा कुर्क होती,
गर्म ताज़ा ख़ून खेतों में बुवाया जा रहा है;
मुस्कराने के लिए दो-चार लमहे माँगने पर
हर महकते फूल को बागी बताया जा रहा है;
मत मिलाते ही रहो तुम तान वीणा के पुराने,
मौत से आँखें मिलाने का ज़माना आ गया है।

ओढ़कर क़ानून का चोग़ा खड़ी चंगेज़शाही,
न्याय का शव तक कचहरी में नज़र आता नहीं है,
मुश्किलों का ख़र्च इतना बढ़ गया है ज़िन्दगी में
जन्म-दिन पर भी खुशी कोई मना पाता नहीं है;
कुन्तलों की छाँह में बैठे न निंदियाते रहो तुम,
फिर शहीदों को जगाने का ज़माना आ गया है।

बेबसी के बाग में यों जुल्म का है बोलबाला,
दिन-दहाड़े सूर्य का अपमान करता है अँधेरा;
रोशनी को इस तरह बेचा गया है रास्तों पर
ख़ुदकशी करके शरम से मर गया घर का सबेरा;

चाँदनी की सेज सपने ही न बिछवाते रहो तुम,
तीर तरकश में सजाने का ज़माना आ गया है।

स्वर्ण की झंकार ने ऐसा किया है छल समय से
चातकों की प्यास तक बाज़ार में बिकने लगी है,
सूलियों पर भी नहीं गर्दन हुई जिसकी कभी ख़म
वह क़लम कुछ कुर्सियों के सामने झुकने लगी है,
उँगलियों से चाँद की लट ही न सुलझाते रहो तुम
बाज़ुओं को आज़माने का ज़माना आ गया है।

दे रहा है आदमी का दर्द जब आवाज़ दर-दर,
तुम रहे चुप तो कहो सारा ज़माना क्या कहेगा?
जब बहारों को खड़ा नीलाम पतझर कर रहा है,
तुम नहीं फिर भी उठे तो आशियाना क्या कहेगा?
वक़्त की तक़दीर स्याही से लिखी जाती नहीं है,
ख़ून में क़लमें डुबाने का ज़माना आ गया है।

युग का कीर्तन कौन करेगा?

मेरे प्यार-भरे गीतों को मत दो देश-निकाला भाई!
मैं ही चुप हो गया अगर तो युग का कीर्तन कौन करेगा?

महफ़िल थी बदरंग, न जब तक
मैंने छेड़ा था इकतारा
जब तक स्वर मेरा न जगा था
सोया था खुद कंठ तुम्हारा
मैं बटोरता दर्द न तो
आवारा हो जाते सब आँसू
मैं यदि गाता नहीं, गीत को
लेना पड़ता जन्म दुबारा,
मैं दोपहरी का बादल हूँ, मैं प्यासों का गंगा-जल हूँ
मैं ही यदि न ढला तो मरघट का फिर नन्दन कौन करेगा?
मैं ही चुप हो गया अगर तो...।

मौसम का यह हाल कि
वासन्ती ऋतु में कलियाँ उदास हैं
गुनी गुलाबों की बस्ती में
शासक बन बैठे पलाश हैं,
जिनकी उँगली थाम, सीखता
है चलना हर स्वर्ग धरा पर,
वाल्मीकि के यती श्लोक वे
सिंहासन के बने दास हैं,

सब लिख रहे कीर्ति पाने को, मैं गा रहा सुबह लाने को
मैं ही यदि बुझ गया नये रवि का अभिनन्दन कौन करेगा?
मैं ही चुप हो गया अगर तो...।

दीपक तो आज़ाद हुए पर
कैद बना रहा गया उजाला,
हर मोती का हृदय बिंध गया
पूरी लेकिन हुई न माला,
जिनके पाँवों के छालों ने
हर मुश्किल आशीष बना दी,
जाने क्यों सबसे ज़्यादा है
उनसे ही नाराज़ शिवाला,
सब ख़ामोश, एक मैं ही जो ऊँचे स्वर में बोल रहा हूँ
मैं भी मौन हुआ तो फिर रज-कण को चन्दन कौन करेगा?
मैं ही चुप हो गया अगर तो...!
जन्म हुआ मेरा जिस दिन, बढ़
गई उमर उस दिन बहार की,
कंठ खुला जिस रोज़ विवाहित
पीर हो गई हर सितार की,
मैंने ख़ुद को होम दिया तब
आया अमराई पर यौवन
मैंने दी आवाज़ तभी
साँकल खटकी स्वर्णद्वार की,
मैं हूँ तो यह चहल-पहल है, मैं हूँ तो यह भीड़ है,
मैं ही यदि न रहा, तो दिल्ली को वृन्दावन कौन करेगा?
मैं ही चुप हो गया अगर तो...!

जीवन नहीं मरा करता है

छिप-छिप अश्रु बहाने वालो!
मोती व्यर्थ लुटाने वालो!
कुछ सपनों के मर जाने से जीवन नहीं मरा करता है।

सपना क्या है? नयन-सेज पर
सोया हुआ आँख का पानी,
और टूटता है उसका ज्यों
जागे कच्ची नींद जवानी,
गीली उमर बनाने वालो!
डूबे बिना नहाने वालो!
कुछ पानी के बह जाने से सावन नहीं मरा करता है।

माला बिखर गई तो क्या है
ख़ुद ही हल हो गई समस्या,
आँसू गर नीलाम हुए तो
समझो पूरी हुई समस्या,
रूठे दिवस मनाने वालो!
फटी कमीज़ सिलाने वालो!
कुछ दीपों के बुझ जाने से आँगन नहीं मरा करता है।

खोता कुछ भी नहीं यहाँ पर
केवल जिल्द बदलती पोथी,

जैसे रात उतार चाँदनी
पहने सुबह धूप की धोती,
वस्त्र बदल कर आने वालो!
चाल बदल कर जाने वालो!
चन्द खिलौनों के खोने से बचपन नहीं मरा करता है।

कितनी बार गगरियाँ फूटीं
शिकन न पर आई पनघट पर,
कितनी बार किश्तियाँ डूबीं
चहल-पहल वो ही है तट पर,
तम की उमर बढ़ाने वालो!
लौ की आयु घटाने वालो!
लाख करे पतझर कोशिश पर उपवन नहीं मरा करता है।

लूट लिया माली ने उपवन
लुटी न लेकिन गन्ध फूल की,
तूफानों तक ने छेड़ा पर
खिड़की बन्द न हुई धूल की,
नफ़रत गले लगाने वालो!
सब पर धूल उड़ाने वालो!
कुछ मुखड़ों की नाराज़ी से दर्पन नहीं मरा करता है।

विश्व चाहे या न चाहे

विश्व चाहे या न चाहे
लोग समझें या न समझें,
आ गए हैं हम यहाँ तो गीत गाकर ही उठेंगे।

हर नज़र ग़मगीन है, हर होठ ने धूनी रमाई,
हर गली वीरान जैसे हो कि बेवा की कलाई,
ख़ुदकुशी कर मर रही है रोशनी तब आँगनों में
कर रहा है आदमी जब चाँद-तारों पर चढ़ाई,
फिर दियों का दम न टूटे,
फिर किरन को तम न लूटे,
हम जले हैं तो धरा को जगमगा कर ही उठेंगे।
विश्व चाहे या न चाहे...

हम नहीं उनमें हवा के साथ जिनका साज़ बदले,
साज़ ही केवल नहीं अन्दाज़ औ' आवाज़ बदले
उन फ़क़ीरों-सिरफिरों के हमसफ़र हम, हम उमर हम,
जो बदल जाएँ अगर तो तख़्त बदले ताज बदले,
तुम सभी कुछ काम कर लो,
हर तरह बदनाम कर लो,
हम कहानी प्यार की पूरी सुनाकर ही उठेंगे।
विश्व चाहे या न चाहे...

नाम जिसका आँक गोरी हो गई मैली सियाही,
दे रहा है चाँद जिसके रूप की रोकर गवाही,

थाम जिसका हाथ चलना सीखती आँधी धरा पर
है खड़ा इतिहास जिसके द्वार पर बनकर सिपाही,
आदमी वह फिर न टूटे,
वक़्त फिर उसको न लूटे,
ज़िन्दगी की हम नई सूरत बनाकर ही उठेंगे।
विश्व चाहे या न चाहे...

हम न अपने-आप ही आए दुखों के इस नगर में,
था मिला तेरा निमंत्रण ही हमें आधे सफ़र में,
किन्तु फिर भी लौट जाते हम बिना गाए यहाँ से,
जो सभी को तू बराबर तोलता अपनी नज़र में,
अब भले कुछ भी कहे तू,
ख़ुश कि या नाख़ुश रहे तू,
गाँव-भर को हम सही हालत बताकर ही उठेंगे
विश्व चाहे या न चाहे...

इस सभा की साज़िशों से तंग आकर, चोट खाकर
गीत गाए ही बिना जो हैं गए वापिस मुसाफ़िर
और वे जो हाथ में मिज़राब पहने मुशकिलों की
दे रहे हैं ज़िन्दगी के साज़ को सबसे नया स्वर,
मौर तुम लाओ न लाओ,
नेग तुम पाओ न पाओ,
हम उन्हें इस दौर का दूल्हा बनाकर ही उठेंगे।
विश्व चाहे या न चाहे...

सारा जग बंजारा होता

प्यार अगर थामता न पथ में उँगली इस बीमार उमर की
हर पीड़ा वेश्या बन जाती, हर आँसू आवारा होता।
निरवंशी रहता उजियाला गोद न भरती किसी किरन की,
और ज़िन्दगी लगती जैसे–डोली कोई बिना दुल्हन की,
दुख से सब बस्ती कराहती, लपटों में हर फूल झुलसता
करुणा ने जाकर नफ़रत का आँगन गर न बुहारा होता। प्यार...
मन तो मौसम सा चंचल है सबका होकर भी न किसी का
अभी सुबह का, अभी शाम का अभी रुदन का, अभी हँसी का
और इसी भौंरे की ग़लती क्षमा न यदि ममता कर देती
ईश्वर तक अपराधी होता पूरा खेल दुबारा होता। प्यार ...
जीवन क्या है एक बात जो इतनी सिर्फ़ समझ में आए–
कहे इसे वह भी पछताए सुने इसे वह भी पछताए
मगर यही अनबूझ पहेली शिशु सी सरल सहज बन जाती
अगर तर्क को छोड़ भावना के संग किया गुज़ारा होता। प्यार...
मेघदूत रचती न ज़िन्दगी बनवासिन होती हर सीता
सुन्दरता कंकड़ी आँख की और व्यर्थ लगती सब गीता
पण्डित की आज्ञा ठुकराकर, सकल स्वर्ग पर धूल उड़ाकर
अगर आदमी ने न भोग का पूजन-पात्र जुठारा होता। प्यार...
जाने कैसा अजब शहर यह कैसा अजब मुसाफ़िरखाना
भीतर से लगता पहचाना बाहर से दिखता अनजाना
जब भी यहाँ ठहरने आता, एक प्रश्न उठता है मन में
कैसा होता विश्व कहीं यदि कोई नहीं किवारा होता। प्यार...
हर घर-आँगन रंगमंच है औ' हर एक साँस कठपुतली,
प्यार सिर्फ़ वह डोर कि जिसपर नाचे बादल, नाचे बिजली,
तुम चाहे विश्वास न लाओ, लेकिन मैं तो यही कहूँगा
प्यार न होता धरती पर तो सारा जग बंजारा होता। प्यार...